東坡硯

晏榕 著

上海人民出版社

本书系中华优秀文化传承与创新重要成果

杭州师范大学跨文化创新与传播国际中心支持项目

目　录

幽弹知音无觅处　闲说东风不识春（代序）

　　《东风破》要出版了，由于放在抽屉里的时间远远超过写作它的时间，若不是家人提醒，我竟忘了要在这书的前面作个序。但至今还记得十二年前，终于完成这个体量达300首的大组诗后的怅然一叹，以及之后慢慢沉淀下来的平静。是的，平静，它甚至延续到了现在。这种异样的平静，1990年完成长诗《悬挂起来的风景》时出现过，1993年写《镜子的诗》时也出现过，后来在《残简》《抽屉诗稿》等作品中也一再出现，它成了我存活于这个没有耐心的时代的生命气质。

　　据母亲讲以及自己的记忆，自小我就是个手舞足蹈眉飞色舞，喜欢说天论地编故事的孩子。大院里围起的一圈小脑壳儿愣愣地听我胡诌乱编，一直是个童话般的既远又近的世界。那时，或许真真地活在春天里。后来，生命里出现了许多个春天、许多种春天，我才发现它们原来可以是愉悦的也可以是痛感的，可以浪笑可以呻吟可以沦陷可以拐弯，可以重叠在一起。和童话相比，这些戴着不同面具的春天伴随了我的成长、漂泊、孤独和对辨别的坚持。

　　之于我，这就是最真切的诗与生活。而不断生长不断扩大的"平静"，则是发现和进入同样生长着和扩大着的诗与生活的秘诀。平静之下，那些耐力和智性，就像不一样的风声和月亮，可以穿行于我们从少年到老朽的时光，或许还有历史和未来。这就是我对于一种新的抒情主义或曰反抒情的理解。还是早年的那句话：今天，我们还有资格抒情吗？对现代主客体关系及旧有抒情方式的思考，便是我通往下一个春天的秘道。

显然，这里的300首诗歌不是对传统的现代演绎，更不是对古诗词的白话译写，那种以白话翻译古诗或以自由体"重写"古诗的做法并不值得过分提倡，而且我认为，很多时候甚至会有一定坏处。所以，对于近年朋友们对《东风破》部分文本的误读，在此时有必要加以澄清。

实际上，《东风破》中的每一首，都是对旧式抒情的反制和对旧美学的反诘，本质上它是对传统的现代反构，每首诗都同时指向了两种时间内的两个世界的核心，并希望传达出对未来新美学的想象。另一方面，真正的传统从来不是死的传统。我们对传统的理解需要更加科学和完整。真正的传统必然要经由"当下"的介入，或说只有传统在对当下甚至未来有所渗透时，它才更具传统的本质性，也才可能继续"传"下去。文化上的为"传"而"传"，就像诗歌的为"写"而"写"，不但减缩了写作行为本身及其目的之饱满意义，更有本末倒置之虞。这种大传统观及其鲜活性，而不是小传统观的僵死性，是我在现代诗写作中常常思考的另一问题。就此而言，《东风破》既是与古人的深刻对话，作为现代诗，也必然是对现代荒诞生存秩序的更具现实指涉与现代智性意味的诗意表达。

还有一点需要强调，《东风破》也并非简单的"为艺术而艺术"式的所谓"纯"诗，其实这些诗歌不仅包含了本人的美学态度，也有效表达了一种生命态度和现实立场。将美嵌入现实与我们的生存，将美学批判与社会批判统一起来，本身就是我写作的目标之一；而事实上这是美与存在的一种天然关系。美从来不是我们生活的剥离物——说到底，美从来不是也不可能是一种物理存在，它与上至宇宙意识、下至个体生命从来都是同构的。美不但需要我们去发现，也需要我们去实现。

例如下面这首，内文与标题的抵牾并置，正好比我们与平庸美学、与庞大现实、与荒诞秩序的顽强对峙，若具备深刻的审美认知与敏锐的现实理解力，相信便能揣其绝望之彻骨，而知吾心之苍老。却说今日，知音何处？

清平乐·采芳人杳

这春天如此庞大
而那一瞬间的绽放则像是赐福：
异乡客游兴正浓

这又像如今我们写诗
不是用来抒发而是用来收拾房间

像漂泊着居住
坐着流亡
像燕子们在天上敬礼、鞠躬

如果有雨，且下在子夜

那就是在催促：那些黑的白的，使劲长吧

看看谁开在了另一个的背面

看看谁能走出骨骼和皮肤

到那果园里，证明三月不是三月

花团锦簇之地，一缕光线溜了出来

晏榕

2017 年 12 月 20 日于杭州

第一辑　这春天如此庞大

柳梢青·铁马蒙毡

我和你的态度完全一致

那冰凉如铁的四蹄动物带走了春天

高高的灯是看不见的手铐

音乐大厅塞满了绳索

歌声是子弹，锣鼓是糖果

你的独坐我的流亡

你的青灯我的纸面

你的故国我的一场大雪

你的月色我的弯倒的树

呵，这风光其实是半蹲着

缩在街角看宠物狗们蹿来蹿去

他们跨上马我丢了铃铛

他们欢呼着我在避难

倘若有海，倘若有一轮月亮

倘若有一腔心事就像有一间房子

倘若风暴转向，我能勒住它

我就拍拍它的脑袋把它带到

空食槽前，告诉它自由和时间的样子

望海潮·梅英疏淡

我如果无视这梅花的疏落，流水的
消融，放弃东风与暖暖天气
厌倦了耐着性子转换不停的年华
是不是就意味着此身不在园中
不在街道和雨中也不在血染的青春里？

是不是意味着我搭错了车，对柳絮与蝴蝶
太过失礼？对这春天太过高傲？
那女孩热情，会像火一样旋转在暗室
那宴会热闹，像燕子们落在孤枝上
那大屏幕五光十色，像上帝烦乱的心

我静守着墨黑的月亮、铁的夜晚
不着一字的白纸一样的深渊
华灯齐上是最好的证据，车马飞驰更如同
生活滑行在玻璃上：多确凿啊
乌鸦呆在它的巢里，红旗翻卷在天涯

清平乐·采芳人杳

这春天如此庞大
而那一瞬间的绽放则像是赐福：
异乡客游兴正浓

这又像如今我们写诗
不是用来抒发而是用来收拾房间

像漂泊着居住
坐着流亡
像燕子们在天上敬礼、鞠躬

如果有雨，且下在子夜
那就是在催促：那些黑的白的，使劲长吧
看看谁开在了另一个的背面

看看谁能走出骨骼和皮肤
到那果园里，证明三月不是三月

花团锦簇之地，一缕光线溜了出来

六么令·长江千里

这气魄，就像此一墨点之于白纸
微风之于田野，哈欠之于早晨
后半生之于陷没的城池

土地冻僵了，我们就播种
老房子坍塌了，我们就多写一张春联
要发抖时，就再看看月亮

对天空的嘲笑啊，压制到钟声里
声名节操呵，搅拌进决斗里
这游戏要蒙住双眼才有意思

于是发现，你的命运和我的命运
你的不自在和我的不自在
即是狂草，即是反叙事，即是翅膀下

困惑的温度：那一夜江雪犹在
姿势犹在，交谈犹在
痛恨与热爱铺在纸上，多像脚下的路

浣溪沙·簌簌衣巾落枣花

就剩下这点儿关联了：一片喧哗
那黑袍正在两个街区间自由穿梭
他叫卖着他的黄瓜，我喝着我的闷酒

不是后浪漫，不是新古典，不是
跳着脚的对骂，不是长发也不是红袖章

我采用了平等主义的做法，抛弃了
语气助词，即使紧临着窗，即使失眠
即使站在教堂里，即使口干舌燥

村南村北，酒困路长，我一直敲门敲到
今天，敲到高楼遍地，敲到鸡鸣狗欢

酹江月·乾坤能大

是啊，黑暗也如此广阔

还暗藏一门，将在我身后打开

而这小小的池塘装了太多

那些年份挤压着我，要我回到

一场风雨里，回到树上

说白了，就是逼着我

回到词儿的道路上

以小小的叫声稀释那些石头

可我还得赞美，横着桨登着楼

视往事如烟如空中的雪

视时间如一块手帕

视那片黄叶如平凡的脸

秋风是苦笑，河流是裹着亚麻布的一生

于是容颜比丹心更能称得上是

奇迹，就像沙漠之于江山

黑黑的地平线之于一缕青发

而谁会想念我呢

杜鹃丢了它的弯月，马儿

没了主人，咽喉里的血

沉默成了晶体：它们缓慢地

发出低沉之响，每挪动一步都会

产生风暴，将头脑分为两半

高阳台·接叶巢莺

它从一个世纪跳到另一个世纪
从一生跳到另一生

现在它停驻在我脚前不远处
抬头看我，像座断桥

那静止的盘旋，含着折断、喘息
和黑血，预演了两个梦境

一朵花是旧日，一朵花是明年
一朵是烟，另一朵是看得见的身体

我当然知道它的飞离
而且知道剩下了我：草是暗的川是斜的

生活是拐着弯的
至于新愁，绝不止于将门紧闭

好吧，我要说声谢谢——

像花把自己驱散，而鸟聚集了所有叫声

我要保持被掷出去

正是紧要关头，我要保持飞的样子

西江月·问讯湖边春色

当我叩问这美景，我不仅是在
怀疑这时序，不仅是厌倦了
绿，和那猛烈催动的
血管里的信仰

但我并不痛恨这些别离与重逢
也不厌弃这静悄悄藏匿的
十年，和那更为混乱的
刮了前半生的东风

它们从脸庞滑下，轻轻贴在
两腮的胡茬上，与咽喉
保持着良好关系

这道路我始终走不惯，也装不出
悠然的样子，像沙鸥扑棱着
在一色海天里找寻着翅膀

双双燕·过春社了

谁会知道，它是因为饥饿才飞入
重重帘幕，才会与旧巢发生关系

天花板上全是命运，它需要下定
决心，辨认出最适合清除的叫声

于是构成了叠加的隐喻，我是从
黑色泥土中倒着长进草的味道里

倒着长进滂沱大雨里，长进天空
长进某个姿势：飞的轻盈与沉重

这便是新巢，天涯荒草和远眺的
游戏全锁进柜子，像还原了屋顶

疏影·苔枝缀玉

紧紧封裹是最贴切的描述

像在皮肤上涂了一层苔藓，像这死寂的二月

相互偎依是一种方式

在异乡流浪是另一种，在黑房间

大口大口呼吸是最艰难的一种：获取自由

翠鸟以奢侈品的姿态出现

篱笆必须存在，黄昏和远远嫁人

必须存在，然后去怀念

以不需要嘴巴的语言复述往日东风

你说是十年也行，假象也行

说是另一种紧紧包裹也行，像骨头也像舌头

然而泥土沉睡是正常的，当梅花落去

弯下去再直起来，直起来

再弯下去，以弯的方式直和以直的方式弯

啊哈，啦啦啦，啊，嘀嗒嘀嗒

啊哈，嘀嗒嘀嗒，啊，嘀嗒嘀，嘀嗒嘀

就这样向最中心飞去：原来

它是白色的固体，那温度并不可怕

那一年，还教一切随波去

那一年，像狼一样踱着步

那一年，给女儿喂奶成了庄重的延续

暗香·旧时月色

它一直烧在我身上
梅花是木炭，笛声是汽油

当然，我还可以把它们置换成
晃过去的电线杆、排队等候的春天
和窗外警车的阵阵呼啸

它一直烧着
而那些雷在等候，那些藏起来的
歌声，在等候
火焰缠绕着我，雪在等候

它烧着，道路也烧起来
可我要把它们置换成每天的
白纸，不安的翅膀，早晨的连续跌倒

鸟儿在等候，千树万树竞相开放着
它的瞳仁：多像这些年的烙印

梅花引·白鸥问我泊孤舟

为什么要问，都是岸，都是舟
都是鸟。我会留下我所有的器官
他们还想复制我十年的想法
这不太可能，我愿意但
他们不太可能。即使我皱眉
生病，他们也会犯下乐观之错
我捂着胸口，他们跳起幼儿园的舞

寒风最可爱，小窗口可爱
灯以及它发出的光也可爱
寂寞也可爱，寂寞的身体尤其可爱
我像纸一样被撕开，我看见
他们一张张被慢慢撕开——作为纸
这之前我往里面添了好多星期
好多中年的低沉之音，好多嘶哑

这桌面是旧游，它像田野
这杯子是旧游，它像扎向白天的根
而绝不再有黑夜。我把一个国家

都搬进来了，让他们尽管

开会并举手，让他们打开电视看新闻

讨论第二天要进的货，哦或者

未来的照片，在任何可以绽放的地方

梦最可爱，梦不到最最可爱

在梦里我赞美寒水空流，我赞美白雪

我赞美一场大雨湿透我的衣服

我赞美无人愁似我，我赞美他们拿着碗

我赞美他们为我做着安检

我赞美雪有这么大，梅花这么小

我赞美我的晚餐，为能藏起一根肋骨

玉楼春·春风只在园西畔

是的，只剩下这一小片天空
那是心脏的最深处，是它
迟疑的一瞬间：反思二十年的绽放

是谁吸引谁？白花和蝴蝶
失去了身份，有时会偷偷从一个
潜入另一个，像阳光照进池塘

而枝头是最尴尬的，那锁链
正把小路与残红隔离开来
正把我的消瘦与错误的春天隔离开来

镜子正如那月亮，学会了骗人
要在明日，或另一个年代
重新照照它，看它有没有理解憔悴

南乡子·何处望神州

我来重新写一首祖国之诗

让满眼风光浓缩到

纪年的闪电和花朵里

有羞涩有绽放，有枯萎有沉默

有洁白也有血红

那千古事弯弯曲曲

曲曲弯弯，变成圆的变成尖的

从一去不返到春天里的呼救

从江畔到铁轨

从小小粽子到太阳滚落

少年便是这笔尖的荒凉

英雄便是鸟儿飞向大地深处

而一个个早晨一个个海

埋在更远的惊蛰天：我们的新课程

瑞龙吟·章台路

这些繁华的街区多像臃肿的贪食者
边挪动边喘息，挡着自己的路
竟没有一丝缝隙，可以穿过一个时辰：
红花也是花，白花也是花

就像燕子们围着屋檐，佳人打开团扇
霓虹泼在墙上，轿车开进地库
木桩一根根楔进思想，构成看不见的栅栏：
新巢也是巢，旧巢也是巢

而我戒掉了颜色，也戒掉了居所
既困又要筛查梦幻，既活着又要验证腐朽
把佳句狠心遗忘：往事飘远就飘远吧
马儿不归就不归吧

如今，谁会想到那前度刘郎
居然渴望着背叛春天，居然掌握了
饥饿的艺术：如池塘飞雨，如院落空空
如东风卷帘，柳絮像雪一样覆盖了我的河山

庆宫春·双桨莼波

我必须把它们分开

船是船的事实，桨是桨的事实

波浪是波浪的事实

这样，我穿着蓑衣远望

和呼唤亲爱的鸟儿

就可以分置于两个不同年代

大雪与树梢的比例则正是当下写照

春寒是春寒，歌声是歌声

但酒与醒着成了可以交谈的朋友

谈谈十年的渺小

谈谈一顶帐篷的伟大，还有

那些逃遁的影子坐在办公室里

抽烟打牌，失忆并赞美

因此，一定要多问几声

如今安在，如今安在

倚着栏杆的一瞬

和这串世纪的匍匐

有着一样的伤心，不一样的叙述

今天那份高傲在桥上晾成了
一张脸，那皲裂的钟表
长满弹孔的早晨：这就是
我们的编年史，像雨水渗进了石头

汉宫春·春已归来

其实，我看到的是春天的离去
或者它的另一幅面孔

风和雨都长了爪子，燕子伤痕累累
与它的后园有十万之遥

而东风还在暗笑：我们
对它的伪装丝毫未察，还贴近了脸

黑脸是温柔乡，白脸是火焰
所有的技巧都是为构成新的连环

就像那花开花落，今天正好
印证了存在与虚无的方式

我的意思是说，印证了以凋零
为绽放的方式，呵，飞离着回家

莺啼序·残寒正欺病酒

我把它看作最伟大的月份

与狡猾的温度作战，与虚伪的召唤周旋

喝酒肯定是受了诱惑，闭门不出

正好中了圈套，燕子也会笑话你

因为它每天流血，它是纪念碑

它还拒绝自己，不轻易翻过那几页

它被迫像一个孩子，乘船出游

与柳树游戏，夸着东风

它还要像孕妇，由无关的人搀扶

期待坛子和水果，准备好硅胶奶瓶

最讨厌的是柳絮，它们曾经

戏弄我的马，现在看来这是多么精确的

隐喻：我们以整个一生渴望那

回旋之舞，或者呆立原地仿若我们

隔世的居所。我们拆信

我们手持橙子汁，我们隔着屏风去理解

无边的春色，有限的现实

最不讨厌的是那把扇子，是的它显得

多余，也没有什么歌子，没有彩衣

连泪珠也没有。但我的坚强

正好来自它的暗示，我对着夕阳

闭上眼，但我失眠，我写长诗

我把沙鸥白鹭全赶到湖里

是的请露出你们的白肚皮，是的

在人群之外我一定陪着这一天

因此，花儿在这月份变老我不会

感到诧异，事实上整个世界经由这一瞬间

变得年轻，犹如我客居水乡

离坚硬的故地更近，所有消息都来自

这柔软的桥、娇滴滴的雨，来自

水波不惊的湖面、没脾气的风暴

呵那风暴其实已无处不在

比如它们直接和美人们相关

和如花似玉的脸，和绿得不能再绿的山

和下一个灯影或者渡口

和我要写出的下一个词语都相关

因此我一定要设法辨认并记住它们

和她们，是的要记住墨迹和尘土

我要记住这春天，把它题在

由空气构成的墙上，任它模糊清晰

任它阻碍眺望（实际上这正帮上了忙

让我们看到天涯），任它自己修改

我的句子和语法。只管在这月份

长着白头发，顺便捡点旧物

门缝塞着报纸，裤兜里装着手帕

有时自在得像垂下了翅膀，像迷了路

像和它合成了一体，互相照着镜

是啊，这是最让人振奋的事

它举着左手，我举着右手

我们一起投降，举着我们的纸

举着大雁飞过，孤独长恨然后发自内心的笑

举着那片花瓣，举着琴声

千里江南正缩成一个黑点，矫正了视力

六么令·绿荫春尽

或许这是它最后的喘息
灯火迷乱恰如这间大房子的静默
恰如柳絮之于春色，文字之于它们的时代

但这个黄昏并非必然，远山不是必然的
演出与梳妆，翠眉与灵魂
包括这懒洋洋的所指，善变的修辞，皆非必然

一寸狂心，这犹如我之没有变化
既如星辰也如在春天屏息
双目紧闭竟等同于一眨不眨

而所有人都在，这出乎我的意料
绿色装饰了所有的隐语
窗帘遮挡着窗帘，宴会巧扮着宴会

这就像现实始终没有完成，而笙歌散尽
显然，关于折磨的价值，关于明月
与暗影，我们的看法完全不同

望江南·三月暮

三月早已戴上面具

花朵遮掩着正在消失的事物

在摇晃的间隙，我们

把那个暗喻挂在了秋千上

月光不代表钟表的紧张

马儿和汽车都倦了

只能等着人群再次饥饿

不能在如痴如醉的时候，或者

将叙事拉回到狂乱的床上

那样就再没地方找到我们的根须了

水龙吟·闹花深处层楼

我偏要从中寻找最无恨意的事物
对，是那鲜血，是春天遮掩的道路

日子缩成黑点，大雨变成了晴空
百花急迫地开着，比赛着贫困

那冷暖现在分配给了两只鸟
一只向另一只献着殷勤

黄莺说，那是固执的节日
那是长鸣，是嬉戏，或者葬仪

子规一脸不屑：这是生锈的月亮
是假发被梳成了一朵云

为了测出什么更远，我把汽车
开进胡同，打开了尾灯

鹧鸪天·壮岁旌旗拥万夫

那壮举在今天不是扩大到了
荒野上，就是扩大到了身体里
而它们是一致的，是孤独
和残酷，不亚于当年战役

其实是另一场战役，与牡丹花
作战，与台阶上的石头作战
与红彤彤的早晨作战
与播音员的音色和假惺惺作战

还有时针的乐观，秒针的虚无感
白色的嘴巴，粉色的脑壳
哑巴的诗和孩子们肩膀上的恶犬
还有春天似的空气，阳光似的冷箭

你的万字平戎策换了种树之书
我的小小抽屉囚禁了所有的旗

生查子·元夕

而今，节日就是花儿想象着

盛开，就是灯光被挤到大街上

就是白昼铺天盖地

把燃烧的危险隐藏起来

节日就是与黄昏告别

就是能摸一摸近处的黑暗

就是看着窗外柳梢晃动——

是什么填充了月亮的位置？

节日就是在高山看海

在绝境挥动衫袖：想念心爱的人

就是把发黏的春天远远抛去

让火苗在书页间闪耀

去年今年，就像是那些翻开的纸：

土壤和沙石，穿行在言不由衷的贺辞里

满江红·遥望中原

有时我也觉得距离遥远，那片土地
看也看不到，不是被寒烟挡住，就是
被光芒挡住，被巨大的雕像挡住

白昼变幻着颜色，树木掂量着
生长的方向，从钢筋水泥到彩虹
从高高宫殿到广场，全是花儿似的信仰

好比在超级市场挑选合意的礼物
在一片笙歌里找寻敌人的脸
找寻当年的一场战斗，逃遁的方式

有时那会是自己的脸，风尘改为了
面霜，既无黑暗也无血色
既无灰烬也无沟壑。那饥寒呢？

谁会想到，这恰是今天的战斗
江山如故而历史不想再延续
在另一场熊熊大火中我们呼吸自如

蝶恋花·醉别西楼醒不记

这已不是一瞬间的事儿，也不遥远
整个春天成了一块厚厚的云
一座高峰，天花板，或者晕眩的海

拿什么和白纸相遇？倾斜的月亮？
半掩的窗扉？这昏沉而颤抖的年份？

大大的深渊。因此就看不到深渊
就像那张画屏，可以装进去全部的
青翠，反青翠，全部的正常和反常

大大的欢宴。黑暗能蹂躏什么酒就能
解放什么。哪有诗歌的位置
它们是硬币，是咖啡，是女士们
皮衣上不显眼的污迹，是撞在墙上
又心满意足地跳开的烟圈儿

拿什么和沉痛的白纸相遇？

没有鸟鸣，于是拂晓也是凄凉的

红烛凝固成一尊雕塑，它不仅穿过了

我们熟知的黑夜，还有陌生的白天

临江仙·梦后楼台高锁

那梦中梦，依然遵循着骨感的形象
犹如这现实中的现实，阁楼里的阁楼
都是酒与醒的关系，像魔术把黑夜
变成白天，让星星和微尘们抱在一起

所以，帘幕也有方向，让失去知觉的河
垂下头，在虚幻的城墙上镶上金边
不是人群，是花瓣站立着，与枝头的
高傲对峙，嘲笑着超市里的坚果

而那双燕子正穿透好几层雨：一个时代
覆盖着一个时代，脸丑化着脸
不是孤独，不是卡夫卡，是那简单的
算法，掺和了食物的俏皮，火的绝望

这时你若提起琵琶与衷肠，就会成为
遗憾的事，在春天的台阶上犯下
低级错误——看这天气，那些稻草人
擎着明月在走，大地主动囚禁了彩霞

八六子·倚危亭

它其实就是这个春天，左摇右晃
危机四伏，芳草也救不了它
黄鹂的欢歌也救不了它
执着地想念一个人也无济于事
在纸上种下比泥土还黑的种籽也不行

猛烈拍打脑袋，拉上窗帘
多挂上几轮皓月，想想贫穷，想想风声
都不起作用。但最离谱的类比是
像落花，像流水，那要把这幅美景
倒置，革命讥笑黄昏，生活诅咒彩虹

相见欢·金陵城上西楼

我不是站在书房
不是站在披着夕光的城楼上
也不是站在清冷的秋天

但原野还在，江河还在
那片混乱还在
该逃的逃，该亡的亡
绝不再依靠寒风与眼泪

绝不再依靠战场、摇旗呐喊
和由喘息构成的生活
不会朝上看也不会朝下看

我是站在泥土里，站在大海上
血管打满了补丁，骨头上扎着绷带
在黑暗的摇晃着的方向感中
向蚂蚁和浪尖致敬

南歌子·天上星河转

这游戏的迷人处，在于
你的想象通过一扇门，可以成真
之前的眺望，道路，眼泪与血
便可忽略不计

然而从星辰到书房
到搭配完好的长矛与绳索，米饭和君王
到从我们身上辗过的轮子
依然清晰有若复活

犹如穿过的衣服和那旧天气
犹如长谈，刀子的跳跃和高高在上的
静止：狂徒们以嘲笑砌墙
而纸上的词借由黑暗，完成了燃烧

如梦令·昨夜雨疏风骤

它们延续了半生，延续了十个世纪
现在看来，也不狂暴，也不温柔

我们睡得仍香，醉意未消
天明时去问问帘幕，问问海棠
并让它们还原为温度和花朵

却不知道，风雨即是游戏
绿肥红瘦是桥，那对称的差异

多像我们的命运，一点儿也不滑稽

清平乐·留春不住

那就让我再从它的角度，感受一下
时序，匆匆归去的便不是那可怕的喜悦
不是童贞，不再是蠢蠢欲动的青翠
这的确让黄莺费尽口舌，恰如广场上
突然袭来的狂风骤雨，摔碎的欢呼
就像繁花遍地，而君王保持着他的英姿

尤其是春宵，我可不敢触碰它的
珍贵，就像琵琶无法驱逐那些
黎明的哈欠：战车轰鸣，天涯遥远
只有一朵是白色的，是自由的
这是个巧妙的发明，在漫天飞舞的
假面、残肢与沉梦间，自己为自己喝彩

祝英台近·宝钗分

我想，这是那个意象可以

重叠的原因：你把金属

分了一半给我，让我们的晚春

充满忧伤而有硬度

而无须眺望方向

事实上，我们同构了这条道路

以花瓣来抵制风雨

以鸟鸣来代替哭泣

归期便不再隐藏于

那个比喻：春天在哪里啊

耳朵不好的都在歌唱

眼睛不好的都在欣赏浓绿

我们深埋在这热闹又持久的

时节：历史正打了对折出售

浣溪沙·一曲新词酒一杯

依旧是那杯浊酒

依旧是太阳滚动，毫不犹豫

天气也一样，亭台也一样

所有的道路都是一条道路

就像星辰落下升起

花园与风对峙：它们都想攫住自由

所有的黑夜都是一个黑夜——

当不同的嘴唇寻找新词

当云朵变成新的云朵，孕育了闷雷

我看着那些花瓣

就像燕子看着它的旧巢

就像十个世纪重叠在一起

青玉案·东风夜放花千树

其实那温暖和柔顺全都会

淹没在这火树银花里

连焰火和大雨也会消失

连大街上的人也会消失

连最豪华的汽车也会消失

连路灯、连高音喇叭也会消失

但是，别看这春天打扮得

流光溢彩，妖艳如蝶——

为坼裂的土地穿上盛装

为胳膊贴上文身，为腋窝

喷洒香剂，为大脑输入酒精

——它也看不到自己的脸

它和我们一样心乱如麻

都在栅栏里，都在家乡外

钗头凤·红酥手

这杯陈酒仍擎在手中

你是第一个身处春天而咒骂东风的人

是的,你看到了风暴

满城春色之外,另一种姻缘

在伤害我们

它持续加重着自己的重量

就像举杯的手

就像消瘦的模样

而今桃花与电线一同站在街上

近在咫尺也可以远隔千里

山盟重叠着山盟,书信抄仿着书信

诗等待着诗

于是,谬误与虚无都在那滴雨里远去

在最小的缝隙里窥见了瓦砾

这早晨便与你约好了团圆：

那饼，或旋转的门

瑞鹤仙·郊原初过雨

它们的舞蹈，多像那些失望的身影

陷落在光秃秃的十字路口

而这场雨像破碎的混浊的时代

摔碎在路灯下。谁会怀念优雅的枝头

而今它犹如没有玻璃的窗口

轿车急驶而过，溅起闪亮的刀子

那是过去我们歇脚的地方

现在猛地知道，还可以是伤口

是珍藏之艺术——人面桃花依旧

而这土地太脆弱，渗出那么多解构的盐

虞美人·曲阑干外天如水

它其实是上下左右伸展着
构成网，构成黑暗和余晖
还有这混沌时序，噬心的或充满
幸福感的向下俯视的小小天宇
明月是一声道歉，良宵是一场
无节制的大笑，佳期是鸟的出现

人群那么远，与阑干无关
与纵横交错，与弯弯曲曲无关
那么原谅我的呼号吧，原谅我
对荒野的注目对新绿的嘲讽
也原谅这春天丢失了它的标本
呵呵，懒调弦啊懒调弦，这多正常

踏莎行·春色将阑

那明媚的一刻

其实活在时间以外

其实难以忍受

就像鸟儿的鸣叫所隐藏的

那场风暴

而红花听见了这层层包裹的寂静

那么和什么相约呢

一面早晨的镜子

十个世纪的尘土

长空，芳草

还是这扇窗子连续不停的

冒险：不再清晰的绿色

我甚至要哭出来了

眼儿媚·迟迟春日弄轻柔

我为看不到它柔和的一面

而抱歉，或者，它已失去了这能力？

就像枝条失去了春日，田间失去了幽香

就像往事并不如烟，天气失却了幻觉

那烦恼不是逃不出房间

而是逃不出大地，不是逃不出昏睡

而是逃不出清醒

就像鸟儿逃不出它的叫声

所以，当鲜花颤栗地绽放

我既看到了失去，也看到了逃不出

——是嫌它太快还是太慢呢？

木兰花·绿杨芳草长亭路

这些黏乎乎的绿色仍在增长，和那些道路
构成了纠缠的网。我不知
是该抛弃时间，还是让锦瑟年华
像狂雪一样远去

而三月如此多情，竟无视
它们的陷落与崩溃，丝毫觉不出
细雨之痛：那透明的混合物不仅过滤了
天空，也过滤了居所里的荒芜

而大地，成了黑暗的同位语：那些杀戮
悄悄流淌，它们经由大地得以实现

窗外人声鼎沸，泥土一样固执

生查子·含羞整翠鬟

那场喜悦离我不远不近
就像心底的声响——
雁柱静默，黄莺高歌

而少女正打着盹儿
彩霞仍在流浪
深院与黄昏已悄悄媾和

雨打芭蕉，心如刀割
这嘲笑声一阵儿高过一阵儿
不因我的衰老，而是天真

踏莎行·燕燕轻盈

这可爱的体态犹如我们躬腰的时代
娇滴滴的歌喉就像价值观在打哈欠

梦境纷纷出现是墨水退场的时候了
白纸已成威胁闪电正打在春天路口

那些书简和日记啊成了回避的艺术
那些针线和花朵啊演绎着慢慢生锈

你离开你的身体我也离开我的身体
千山明月是战争一个人归去是战争

所以听听它的鸣叫吧听听啼血的飞
再听听大地深处的呼吸那泥土的命

玉楼春·东风又作无情计

连春天也变得诡计多端

把毒汁和鲜花混合在一起

把冷酷和娇艳涂抹于裂开的月亮

这愁绪又算什么

孤楼算什么，妥协的日历，或者

藏起来的甜蜜，有如深深帘影

对，我是说，倾斜的历史

连同倾斜本身，连同这摇晃不停的

从镜子里反射出的微光

连同去年的雨

凝固了一个世纪的、皱起的眉头

和瞬间涌上咽喉的血

都沉陷于这场正在升起的

怪诞风暴，小小漩涡

就像落花碾碎于某个深夜——

既是婚房，又是荒野

盛得下这杯中澄澈，笔端曲折

却盛不下对春天的恐惧

念奴娇·洞庭深深

风浪嵌进了镜子里
月亮挂在蛛网上

悲剧藏进了喜剧里
病人跑在广场上

自由自在像疯癫的墙
妙不可言像孤独的王

那肝胆如幽默
那冰雪如谶语

光头匹配于历史
短裤充当现实

沉默正是天上星
表达就像水中船

今夕何夕犹如这场危局
此时此地咳嗽们一溜烟地跑了

摸鱼儿·怎知他春归何处

这明媚春光里有一片火海
久别重逢也无奈，借酒浇愁也无奈
我一个个地救，就像一次次
沦落天涯

看看烟柳的尸身，摸摸东风的
火苗儿，我们一起憔悴一起
手挽手去找桃花，然后比比
谁溜得更快更像那拒载的轮子

看看谁更像最后的居民
剪下韭菜一样的焰火，哼出
不怀好意的小调儿
看看我的暴力，让春衫湿透

救了白发再救眉毛，再救那
缓缓跳跃的裤角儿
这路我们都要走，要握手要告别
要在火里多看一眼那礼物

踏莎行·润玉笼绡

她的隐没无比沉重
秋天和雨都被她扔了
就像我丢下了千山万水

我必须拯救但又无法拯救
那石榴花在等着
枝条虚构了她的果实

但为我保留了一片叶子
嘴唇，或者弯腰捡拾的动作

那生活真广阔，在折叠的
塑料自我里，她弄脏了她的皮肤

风入松·听风听雨过清明

现在节日本身就是风雨，就是风暴
而没有悲痛。像无声息的分开
那些绿挡着黑暗，我在屋里的躺椅里
生病，以咖啡消化春天，而不是
鸟鸣，它们已不是活着的亲人

日日打扫那些斑点，须知它们
便是新晴。黄蜂表演，秋千摇荡
我将此看作呼吸与解剖，其中
必定站着一位法官，会闻着香味找到
我们的嘴。找到绳索和羽毛

以及全部偷欢的片断：它们曾经
在节日爬满石阶，真像青苔
像一个春天的移动，我们用力挥舞
手臂，那疯子正把酒洒在他的镜子前

唐多令·何处合成愁

它进化到今天，超过了
叠加和渗透，超过了混合的雨
或者可以埋葬所有的泥土

芭蕉飕飕响，既是天气
也是灰暗的心，还是世界
在你的楼上自我囚禁

是我写下这俳句，回应你的
月亮，但同时它们又
构成我在三月丢失的一把钥匙

有了它，即使燕子飞走
我们的船也会牢牢系在春天
那合成了血液并且绝不退隐的春天

兰陵王·送春去

这年代的本质，就是归路的问题

不是退回去，而是如何脸朝后，倒着

向前走。如何用十年时间穿过大海

如何用一个午后穿过春天

穿过这堆报纸，穿过办公室的墙壁

大街上的人们正谈论房子和股票

甚至选不出一个钟头来感受躯体的

缩小，是的那骨头正在缩小

藏在最深处的那根针正瑟瑟发抖

有时它几乎成了飞絮，成了狂噪的

鸦群，成了在迷宫里炽炽燃烧的灯

它还是捂着胸口但不能张口叫喊的

问题。是的我们中了箭，但在坠下之前

要找到房檐，找到夕阳和地平线

是的必须要保住种子，要为孩子们

买玩具，存钱并物色好幼儿园

要学会欣赏水波不惊的湖面，同时

两只脚像铁锹一样使尽力气，向下钻

那冻土层里有风雨有雷电，有之前
我们撒下的花儿，少年时梦见的香吻
但脚踝以上，要保持树的模样迎风
招展，永远笑着并且时常有飞的冲动

青玉案·三年枕上吴中路

那些日日夜夜已无法辨认，每个光景都是

一条道路，有旧书信，有宠物狗，有摆渡的船

唯独没有鹭鸟，更没有它头脑里拉近天与地的数次晕眩

这是归去。送走了春天也送走了那么多张人脸

送走了山水、一场约定或雨中的片刻宁静

还有远处隐现的小风暴们，那所剩无几的不安以及对一个

　　时代的怀念

第二辑　我把自己坐成一座塔楼

卜算子·缺月挂疏桐

这大房子里的喧嚣依然延续

残月貌似是天空主义，疏桐则假装

是大地主义，但它们耐心有限

谁也看不见狂风，谁也看不见冰雪

我戒了烟，但没戒思考

把自己分成两半，从寒枝到寒枝

从一场自我争论到另一场：这样醒着

寂寞着，又要做隐士，又要做高飞的雁

一丛花令·伤高怀远几时穷

坐在这里登高

坐在这里怀念远方之痛

在这屋宇的一角与万物打着招呼

看小路迷蒙，柳絮乱舞

而马越跑越远

这阁楼里装着拂晓与黄昏

装着池水与雷霆

装着被禁锢的月亮、羞涩嫩芽、嬉戏的鸟

装着囚徒的微笑、白纸上的风

波涛汹涌的海

装着几十条道路，通向春天

通向那层薄薄帷幕后人群的叫喊

坐在这里，成为一块石头

在桃花的婚期里游弋、翻滚

在转换不停的昏暗云影里

抗拒着失明

水调歌头·明月几时有

它仍在铁笼之上

在铁笼上它便能看到整个悬崖

它静静地蠕动，以便消化酒，消化笑声

连那片青天也要消化掉

高高宫殿和沉醉的暗影：囚徒们

会演戏的纸笔，瘦削的词，叫嚷的夜

连原野也要消化掉，还有

对时间的疑问，对风的向往，对两三次

长途跋涉的反醒，对词语内部之探险的懊恼

统统要磨烂，要使它们重新

搅拌舌头，经过咽喉，进入胃——

周旋于朱阁绮户，天上人间，周旋于一场喜剧

还有滴落在肩胛骨上的眼泪

就把它们看成是一次盛大的流亡吧

怎么会有恨？这样高高挂着，罪名便被遗忘

江城子·南来飞燕北来鸿

如果我们只像是南来北往的候鸟

可以优雅地以滑行逃避温度

却不能改变霜、改变雪

也不能改变狂热、改变荷尔蒙

甚至难于用逆风而上的姿势、嘶哑的鸣叫

去抵制一两个人的愚蠢想法

那么，别离也好，衰老也好

月下的美酒也好，花前的动容也好

随着醉舟漂来漂去的生活也好

都成了多余的装饰物，成了浓雾里的脸

何须蓝天：我们往翅膀上涂着胶水

然后说这是最有深意的飞翔艺术

贺新郎·甚矣吾衰矣

如今衰弱不堪的已不是

我的身体，更不是已长出白发的

年纪，不是欢喜不是叹息

而是大地本身，是那钟表

那神话里巨石的滚动

那火苗的想法，树干对生长的询问

现在连青山也另有所谋了

我和诗句都相形见绌

时间已瘦得只剩下一根骨头

窗户下的孤寂算什么

广场算什么，那些大理石算什么

拾级而上的花蕊算什么

一片沉默。而和群星无关

而和贵宾厅醉者的喧哗同构

白云是白云，雷声是雷声，都是屏息

那两三个兄弟，我都为你们着急

穿着长袍，穿着回来的时光衣

我等着同框合影，再闭目长睡

齐天乐·一襟余恨宫魂断

此乃栖居。越古怪越是常态
而且布满从书房到小区停车场的地面
绝不止于一条树枝上，或一声
腻腻的猫叫。我踮着脚，收集着
破碎之脆响，非玉非镜子，亦非容颜

此乃我三十年之身体，一具不甚精密之
仪器，常忽略骨头僵冷和牙之松动
而有无尽白纸，和掐指算出的月份
有心脏的迟疑，和冷面之屏幕上的美女
或有微笑，在雨打芭蕉之后

我贪心地存贮着，那电流和眼泪
年老的萧瑟秋风和年轻的阅世枯骸
我花了十年把它们合成半瓶墨水
我准备再花些时间，将抽屉里的云朵
移至窗外，去陪衬屋顶之无线电天线

青门引·乍暖还轻冷

庭院里的风雨覆盖了整个傍晚

就像一场疾病，包裹了这个春天

就像酒，遮挡了寂寞

而寂寞不是月光，不是墙

不是那个摇晃的秋千

我的房间距它们只有十几米远

我的黎明正受着酷刑，紧咬着牙关

念奴娇·野棠花落

我感觉像是紫茄似的灵感
在这时节停驻，也不火热，也不寒凉
像是刮了一大圈的风，也不在春天
也不在冬天

那畏怯也变成了干草，现在
它们铺在地上，可以躺上去打滚儿
那想念与煎熬叠成了整洁的
床单，挂在电线上摇摆

马儿咬着缰绳，燕子抹去身影
月亮烧到稿纸坍塌，这就算是重逢了：
二十年是一条窄窄的小巷
五十年是一堵墙

听说我们可以互相否定
听说我们可以像鱼一样来回追逐

摸鱼儿·更能消几番风雨

而今，花儿不是花儿
风雨不是风雨

春天不是春天
荒野不是荒野

归路不是归路
沉默不是沉默

只有那蜘蛛网还在屋檐下
就像人群在盼着佳期

千金纵买，而我的表述
可以称之为表述吗

这差不多是一种腐败
是纵欲和得意洋洋的独舞

什么？你在说尘土？

你是在说怯懦还是残酷？

呵，就算是闲愁吧，算是
在登高，在望着远方

那滚落的太阳正与烟柳
私通，遵守着诡异的谎话

于是，睁着眼就是闭上眼
断肠成了最开心的事

桂枝香·登临送目

这么久，我仍居于高山之巅

望着城池、江水、深秋

那封信已寄出多日，像箭镞沉落于

时光末梢。这过程好比

作为风景之核心的"今天"

抚遍所有词语，剔除了残阳与西风

好比当彩舟不见踪影，白鹭

如巧妙的暗喻自林间飞起

但这些都掩饰不了那张脸孔

词语正走向词语的反面

故国也罢，往事也罢，厮打在一起的

荣辱与流水也罢，血液也罢

它们轻巧得真的就像

衰草、寒烟，可以装点这张

被拉得细长而光滑的十年

歌声也罢，我视其为戏仿：巨大的空谷

六丑·正单衣试酒

我不希望它有片刻停留

它就一动不动

披上衣服而一定要显出乳房

捧着新壶欣赏毒汁的颜色

意识到身在异乡就把它当成故乡吧

你看小鸟一飞天空就掉下来了

一想到绽放就风雨大作

一闻到香味就迷路

怀念泥土就把身体镂空

向往飞翔就让一连串的夜裹住你

想打开窗户，就在低沉的大雨下

布满刺目的光

花园以枯萎的方式显示生机

树以绿的方式佐证腐朽

我徘徊许久，而心静止着

最好的表达是一言不发

但咬住嘴唇的时候牙齿有可能脱落

捂住脸时手指头就熔化掉

弯下腰去捡拾一朵小残花吗
你就变成了残花
想赌气顺水漂流吗
就让你沉入水底，变成河床里的石头
你说你醉了就让酒把你灌醒
你说你醒了就让水把你灌醉

忆秦娥·楼阴缺

现在又回到了书房和楼梯

就像月亮从东厢照到西厢，报纸

从周一印到周末，完成了循环

然而悄然拆分了那个比喻

远离了杏花，接近了雪

漏壶滴水，世界一寸寸没入荒凉

而江南正是不愿谈起的话题

一片红艳艳，从春天复制到春天

抵消了一刹那的绽放

南乡子·生怕倚栏杆

这是问题的关键

我们厌弃又在它里面

犹如楼上楼下，山山水水

犹如我们低头弯腰之于暮云朝雨

倘若踏着鸟飞

使每个日子，呵每一口呼吸

都能穿过我们的身体

倘若霜降在三百年之外

而与我们脸对脸的，不是梅花

是那燃烧在掐算着

它的命运，它的温度

那么，我们该把这活着的

羞涩，交给谁呢——有痛感还是

无痛感的历史性？一个瞬间？

兰陵王·柳荫直

有时我觉得路伸向远方就像

柔枝伸向烟雾，就像

堤岸伸向汹涌的大喇叭

像残酷的梦伸向了温柔的白天

所以我不再认识你，登高也

看不见，贴近了也看不见

过去叫做故乡，而今

叫揉烂的早晨？叫排列整齐的

漆黑的长长的效忠队列？

叫折断的笔？叫遮挡起来的

六月？叫浮肿的脸？叫叉开的腿？

叫走不下去的时针？叫可以划着

却只冒青烟的火柴？

叫紧闭的窗？叫握不住的手？

可是，我看到在亭外路边

你摘一枝，我摘一枝

你举个杯子，我举个杯子

又有灯又有酒，又有梨花又有

垃圾，都在喊：节日来了

每天都是节日，每年都是每小时都是

又有船又有篙，又有地铁又有

电车。码头远去，面孔们

回到湿湿枝条上，既看不到

燃烧的月亮，也听不见呼喊的笛子

而它们叫做纸，叫做诗

叫做忧愁，叫做沉痛

叫做无忧，叫做无痛

叫做一口一口地呼吸，一秒一秒地死去

霜天晓角·人影窗纱

我把自己坐成一座塔楼

坐成一个被遗忘的日子

我在田野里奔跑着坐

我在黑暗书房里听着屋顶的雨坐

我在两个城市间的火焰里摇晃着坐

我在一个个学生疾步走向他们的

公司，在华丽而眩晕的晚宴上

在他们跷起二郎腿的片刻惬意里坐

我在几十年的广播（就像一

连几日的雨）里坐

我在石碑影子的移动间坐

有时，我也能看到她折花献花

我看到屋檐上四月的跳落

说到四月就想到丁香

想到春天已死去一个世纪

想到窗纱里，那一觉而醒的老太太

鬓边荒芜犹如当年提前的婚约

就把那花斜着插上去，刚刚好

鹧鸪天·一点残红欲尽时

但愿这可以隐喻于一个时代
秋天与屏风，就是白纸与人群
就是童年和他的小窗口

急急的雨就是这屋里胀闷的空气
好大的祖国，好大的树
叶子们是钟点，弃置在瓷地板上

琴声不合时宜，需要破译
金炉香火旺盛，延续着我们的嘴

对，我们一同把歌儿唱啊
横风冷雨是装饰，脸是装饰，沉醉也是

木兰花·秋千院落重帘暮

是的，帘幕重重，却不仅仅是
一个暮色，一个秋天
一个没有鸟翅划过的院落

其实我有意冷落了它们
好比冷落了这空气里的恐怖
那彩笔与墙头，红杏与大雨

是的，那些闪烁的光点，就像
一头扎进十月的残絮，不住地
撩拨啊，撩拨啊，然后变成霜，变成雪

而我厌倦如门，如驼背之海
也完全知道这沉默的本质
它就像秋千，重复着倾斜的早晨

它精确得让人惊讶——
朝云信断，枣红马刚刚出现在
原野，枝桠笔直，道路发白

贺新郎·湛湛长空黑

这些风雨早已成为基本的元素

构成砖瓦、楼宇和街道

构成连绵的秋色和我们的嘴

有如白发长出和挣扎的字

构成了血液和诗，存在或

消失的往事：它们自墓穴中跑出

戴着某个黎明的破帽，印着

春天的传染病和二十年的喑哑

忆王孙·萋萋芳草

思念于我，终于成了清晰之物

透过芳草与亲人，甚至透过

那空旷的柳外高楼、杜鹃声声

透过暮色、孤独书房，墨水与纸

还有我亲爱的广袤庭院、万千气候

透过那场千真万确落在这片土地上的雨

和搅拌在空中的烧焦的味道

透过你软软的钟表，一群又一群

孩子的呼喊，还有这患上哮喘的胸膛——

我思念那个春天。我思念闪电里的呼吸

也是雨打梨花，也是疾风劲草

它真像我自己的呼吸

贺新郎·梦冷黄金屋

这大屋子里没有我的诗
丝弦的缝隙间，斜飞的鸟的
叫声里，厚厚的尘土里，也没有

刚刚下过的春雨里
饱满的樱桃和摔碎的水珠里
一排精美的书脊和印刷体的庄重感里
也没有也没有

你布着你的棋局
隐没，而不需要高高庙堂

所以，肯定没有肯定
只是一个装束一幅新图一次旅行
过去你用作歌舞，用作寄出
一封信，用作关上门掩面而泣

现在我和你一起来
承受这根竹子，它绝不会疼痛
但它崩溃的方式有些像诗歌

眉妩·渐新痕悬柳

我把新月视为一次敞开，不止是为柳树
或花丛或暮霭，或者你的嘴唇
甚至不止是为裂开的大地，一个新主题的
诞生，不太可能是为了某次等待——
路的尽头，另一个它刚刚包扎好伤口

归和不归，寂寞和不寂寞
我现在明白，这些全都是药，可以
实现一种漂泊：你失去或拥有

而我们正为此梳妆，为一次激流
出门上街，坐上公交车看晃动的景致
看它高高挂着，街角的废报纸
飘起又落下，那么多日期和天气也随着
飘起、落下，那么多比喻变得鲜红

它打开了另一通道，我们由此回家
不是结束，不是永别，而是
回到这同题诗里：它既是故国，也是新世界

水调歌头·不见南师久

呵，那大军就是把茶的碎沫儿
放进杯子里，那骏马就是
让墨水滴在纸上

千钧一发就是不停地搅动
万夫莫当就是
坐着不说话，看它漫延

我也笑了，吐出
一圈圈的妩媚就是不屈服
戴上帽子就是大河在向东流

这就是神州：总有片刻
要扶上衣领，把脑袋
放在胸膛上

总有一天要拍拍尘土，提鞋而去
热气冒着，就是不朽
盖上那瓷盖儿，就是安抚英灵

小重山·昨夜寒蛩不住鸣

当寒气更加逼人，蟋蟀们悄然无声
也没有梦，也没有三更
纸与笔摊放在那儿，又像河山
又像无尽的黑：连石阶之静默也不可能
连独行也不可能，月儿像叛变的镜子

我才知道，那些夭折的词语
就是长出的白发，就是衰老的松竹
就是不断叠加的十年、百年——
这些无声的呜咽，你托付给了断弦的瑶琴
我给了密封的抽屉：它的死寂像场战争

长相思·一声声

秒针的嘀嗒声穿透了玻璃和纸：
乌鸦站在枝桠上，犹如未写出的字

我想，历史也该会常常失眠
从水滴空阶，直到那个黑隐喻迷失于天明

声声慢·寻寻觅觅

现在，把自己囚禁起来
以关上的方式打开音乐
吃些草药，寻找甜
冷清到出现海
再以沉没来抵达

乍寒还暖，小丑在春天
顶着帽子，发笑的时日最好度过
让苏打水稀释酒精
让晚报挡住晚风

而航班像是停在了头顶
过去它叫大雁
我看着它不会再伤心
它看着我不会再相识

这些稿纸堆在抽屉里，像摊开了手
像憔悴的花儿无处安身
像广场无处安身

像美好或恶劣之天气无处安身

如今有谁堪摘？
戴上这霉味儿，戴上眼镜
戴上胡子和头发
戴上铁的饰品

一定要戴上
它们拴住你的方式，这好特别
这有如天黑的手段——
雨打海面，点点滴滴
都是我们的身份

踏莎行·候馆梅残

在此暗室，作为装点的梅花
保持着最强的生殖力——
凋残，以及**凋残**的影子，寒酸的
新世界里那自由而紊乱的呼吸
就像喘息的春天里柳枝的摇荡

草薰风暖，马儿迷失在凝固之原野
悲哀生长在最近处——
在空旷又长满浓黑语言的纸上
春水迢迢，如同在我的祖国
白昼和黑夜一同被撕碎

所以，不一样的痛苦解释了
不一样的眼泪，完全不一样的
高楼与危栏，远望的姿势——
青山以外，那片红云像刚从
血管里滴落，正随着我的风暴飘动

减字木兰花·天涯旧恨

而今，我早已没有一丝恨意
不是为离别，不是因高高在上的
慈祥面孔，更不会出于艰难
绝非缘于那些蜷缩的身影
我视其为正常，如同一种生活：
你远在天涯，我走过荒野

这也是一种锻造，经由
火焰之后的灰烬，微光后的
无尽黑暗，巨痛后的没有知觉
如同一个时代或它的小小片断：
金炉里盛着香灰，春风里惊起鸿雁
我困于这浓缩的悖论，但不再双眉紧锁

贺新郎·乳燕飞华屋

春天如此危险
乌鸦群起而入，栖于倒置的拱顶

与之重叠的是人声鼎沸
瓦砾反射着刺目的光

这镜像要靠波普艺术来解释
树枝是失望，池塘是绝望

它们的脚趾是失望，大地是绝望：
空心人呀，闭着嘴叫喊，睁着眼死去

你看这里是骨头，这里是
篱笆和思想，这里是西风，和衰歇的早晨

如果有报幕者，就连续
上场、鞠躬，称此乡为仙境

如果有丑角儿，就在岩石上

架起一支笔，然后踮着脚逃走

倘若有石榴花的幻影绽放
就让它来引诱暴雪——

你看这里是白色的，那里是白色的
垂落是白色的，飞翔是白色的

失去记忆是白色的
被冻僵是白色的

束手就擒是白色的
山谷上滚不动的雷声是白色的

夜合花·柳螟河桥

这是场睡眠，过去它笼罩着河边
而今漫延到了每一个日常事实

由一朵小花或者停泊，转换成
办公室的惊恐，家中四个房间的无聊

电梯上升，声母和韵母尽量
不接触，那时你正剪着那烛芯吗

何止十年，鸟儿每年都来看看
它的荒巢，我在每个早上吃一片药

看看我们的黑羽毛，看看闪电
看看它们是如何不知去向的

就是风雨也惊不醒，我用力驱赶着
那钟表，那脚步，还有会议室里

高高在上的荒凉——你去 A 座
我去 B 座，我们吸的是同一口空气

武陵春·风住尘香花已尽

连这些假花也会零落成泥土

但这正是打扮，像一个早晨坐在镜子前
挺直了腰杆。物是人非也可以忍受
辨认出生死也可以忍受

于是春天仍然美丽
舟在溪上，愁在舟上，诗句在
闭着的眼睛上。它们

恰如这场革命，深藏在体内
在脸红耳热中露出了笑脸

关河令·秋阴时作渐向暝

我不把它们看作是移动，我不能

把它们看作是隐喻或写实

它们逼迫我这样

犹如这温度，绝非台阶

绝非长长的冷漠或者一声呼啸

我们钻到地下和飞到天上是一样的

见证和获得愉悦是一样的

也不能把它们看作是灰蒙蒙的

既非暖巢也非钟表

它们逼迫我这样

一盏灯一封信，绝不只为了

揭示墙，刀子绝不只为了划破动脉

我们有时深藏在我们体内

就像天空背后的风暴，丝毫不觉得拥挤

满江红·怒发冲冠

我们的历史还有什么气愤，倒真的像
斜靠着海，任它摇晃。大雨刚刚
停歇，是它望着你，看看谁的心情
更平静。哪有尘土，哪有星星和月亮
哪有时间和道路，哪有白发？

这是新的更大的耻辱啊，可它
不容许我们将其擦除。它的课程是
静静死去，乖乖投降，不给你
战车也不给你饥饿。猜猜，我们的反应
会是什么？是扩充乡愁，还是浓缩骨头？

三姝媚·烟光摇缥瓦

那琉璃的闪光如今是牢笼

东风是牢笼，满天纷飞的意志

是牢笼，骑着马去看她是

不可突破之牢笼

而纸是她的腰身抽屉是她的

罗裙，我唯一的想法是

把这点儿自由装饰在钟的表面上

回忆是牢笼，华灯下的

枕肩而歌是最冰凉的牢笼

自大海返乡，走走从前的街巷

打听她的下落，那是挂了诱饵的牢笼

它们还随着我的心脏（它多像

这黑夜的节拍器）紧张颤动

没有一个牢笼会为野花的凋谢辩护

风流子·木叶亭皋下

它们纷纷下坠，但不是叶片
不是那些发黄的秋天，而是这跛脚的
节日，失明的钟表，阴沉的黑

乡愁已扩大了十倍，与白发对峙着的
竟然是大雾，那些菊花啊落日啊
南飞的雁啊，连一瞬的宁静
一丝光明、一片羽毛也不能承受

乡愁就是在荒原上流浪
在无尽的时间里流浪，在纸上流浪
扩大了十倍的乡愁就是在颜色越来越淡
却越来越沉重的墨水里流浪

人倚西楼呵，就成了新方式
与等不到的书信作战，与形单影只作战
与自己的翅膀，与天空之幻觉作战

定风波·万里黔中一漏天

实际上，这就是一次漫长的对峙

是诗行中的短暂停顿

是秋天和一场雨，书房和小窗

是绝境与酒，无边的大地和它的节日

是纸与墨水，讥笑与白发

是暗夜与焚烧，菊花探出了篱笆

那戏台仍搭在那儿，你风流倜傥

我望着风暴，人群像叶片在火堆旁旋转

踏莎行·雾失楼台

烟雾弥漫，这大房子的悲哀在于
不知身在何处。月亮也一样
远远的桃源仙境也一样
今天的生活也一样

倘若有鸟鸣，那是因为要
确认身影；倘若有花儿绽开
那是要辨别霉烂

哪还有书信？纸是一回事儿
墨水是一回事儿
墙是墙网是网，天是天地是地

炉火是炉火灰烬是灰烬
现在看来，把它们重叠起来真是
失策——我围着这团黑暗，从未想过
像一只简单的虫子，远远逃离

蝶恋花·庭院深深深几许

须用多长的梯子，才能搭上

这高墙，才能把湮没在绿色中的

杨柳解放？而春天

觉得自己是微不足道的

帘幕重重：骏马站在原地

高楼外爬满了它的影子

三月的急雨包围着那些被杀死的

花瓣，它们的血正浸入春天的更深处

沁园春·何处相逢

这的确恍若梦境，身体的沦陷
和时代步调一致，和荒原色调一致

成为空心人，成为黑鸟
让月光镂空骨头，牵拉着翅膀飞

成为当代英雄，使君与操
与裸体的我，手持倾斜的杯子

而且我将这燕赵悲歌扩充到了
慷慨之外，到泥土里，到纸的背面

战鼓轰鸣，晨鸡轻唤，都成了
唠叨，不轻不重，介于天使和白骨间

倘使遇到高高在上的王，我一定
把这些隐喻拆开，让他听血是如何

被嘲弄的，而它们如何

构成了一种超越之力，在云端之上

在躯体之上在呼吸之上在现实
和昏睡之上，在凄凉之上

在疯狂之上，在活着之上
蹑手蹑脚地耍把戏：像在等着战车

鹊桥仙·一竿风月

我联想到笔，和笔的生存
在纸上披星戴月，在词语间穿着蓑衣
往来于黑暗与微光的喘息里

你住钓台西，我挤在舌头与牙齿间
你卖鱼，我换掉一个隐喻

但那城门，如今霓虹闪烁
离我们好近，这使得文字与文字的
缝隙，受到了威胁

缆绳与高歌，已不能映射潮头的起落
它平静得像一把枪，像在远处
监视你，这多么难以置信

想要占领空白之处，让墨水
戏仿江水的细节，它却躺倒纸面——

荒野之大，平行即是交叉
窗外夜车驶过，城门下溅起了泥巴

长亭怨慢·渐吹尽枝头香絮

它们早就告诉这真相，我们不会
居留太久：时光非门，青春非树
傍晚的广场可比太阳西沉更辽阔
我听着这群人比子弹呼啸更快乐

遥望高城是代价，看暮色是代价
在暴雨下低头是代价，去数层峦
叠嶂的世纪是轻盈如飘絮的代价
早早归来是代价，剪一刀是代价

兰陵王·卷珠箔

如今薄薄的窗帘也让人恐惧

一个早晨的雨，大雾，或盎然春意

东风，或者西风，都是藏身之地

那枪举着，那香熏着，那频道遮掩着

我也生怕喝醉，不敢接近酒杯

然而纸上盛满嚷嚷声，远比街道上的

寂静更揪心，既是我与我，也是

我们与我们——心跳慢于哭笑

气息快过车马，又如何以一个

来审判另一个？又如何与自己携手同游？

当这担忧成为自言自语，成为

一个人的灯谜与漂泊，成为真正的

寂寞；然后，成为衣冠，故乡？

我才知道那次死亡如何做到了

绵绵不绝，而那些比喻为何冻僵了

临江仙慢·梦觉小庭院

透过窗花的缝隙

我看见了庭院里的风暴

冷风与沉寂钟点的缠斗

枯叶与它暗淡身影的对峙

而词语宠辱不惊

它们早知道——

是萧条戏弄了疏雨

是憔悴安抚了红烛

是深秋装点了微光的明灭

是这个清宵囚禁在我的身体里

遗忘了跌跌撞撞的雷霆

是往事雕琢了内心的呼叫

钗头凤·世情薄

这冷酷与险恶，似乎正是一半世界的
核心，逃出去，便到了虚无里
因为交叉得那么紧密，像雨送黄昏
像尘土铺路，像栏杆与绝望的呼叫

而今天的痛苦不是孤独，是人也
分成了两半，影子们也分成了两半
刀子与心脏总是互相猜错，长夜与天明
打满了补丁，时钟痉挛着笑个不停

解连环·怨怀无托

如今哪有哀怨，哪有杳无音信

哪有不知下落，哪需要什么妙手

去解开毫无知觉的绳套

如今哪有风雨，哪有寄托

哪有藕断丝连，也无须佳人和她的倩影

斜靠着灰蒙蒙的早晨

如今哪有香草，哪有天涯

哪有醉舟，哪有铁

哪有什么可以穿透那堵墙的法物

所以如今千万不要出现啼鸣

或一枝露出脸儿的梅花，或一阵儿微小的冷

要是春天转过身来，我们就露出了原形

浣溪沙·漠漠轻寒上小楼

有时，我会把这连续的怀疑
比作是一张薄薄的帘子

比作是孤独的小楼
空阔的秋天，绵绵的细雨
或者是被动的缄默
或者是漫长的叫喊

还可以是花开花落不厌其烦的
重复，是早晨年迈的咳嗽
是幽深的街道，冷漠的脸，飘到天上的
死亡，也是流水一样的生活

你看，它们小巧、精致、微冷
多像我们所渴望的"真理"

江城子·画楼帘幕卷新晴

又是这些事物，那我只好
把这成片的楼房塞进一只苹果里

把百叶窗和落地窗装在
鹅卵石上，把洒血的太阳挂在墙角

看看哪个更甜哪个更透明
哪个更能阻挡黑暗并具有擦除功能

门安在马厩，屏风用干草编织
柳絮送给狐狸，花朵放入食槽

还有悲伤，统统制成风光的一部分
制成年华和酩酊大醉的核儿

还有知己或那几声听不到的箫
之前是走近的海，现在是逃离的鸡叫

烛影摇红·霭霭春空

我不会赞美这细雨，不会赞美这高耸的
楼台，好比过去的十年、五十年
始终做不到抄录日记的悠闲
像那鸿雁与柳絮的搭配，孤独与狂欢的搅拌

我不会赞美这低垂的云层，这欢快的流水
那船儿还横在它的渡口，芳草伸向
看不见的天涯：我们的步法依然
笨拙，脚底打滑，就像闷雷取笑着它的春天

贺新郎·绿树听鹈鴂

在这巨大的黑房子里

它们成了不速之客

第一个春天只留下了痕迹

第二个春天在叫声里

第三个诞生于它们来临的时刻

而且三个春天还要交叉

这让悲伤也被迫交叉，悲剧成了

重叠的追赶，完全超越了人间离别

马受围已久，琵琶中了自己的

埋伏，推土机十年未停

你看，这日子全是白衣白帽

可没了壮士，没了拉长的

仰望和诀别，剑是多余荒野也是多余

其实，鸟的叫声是个中介物

历史曾转折于眼泪、鲜血

现在是不可凝结之尴尬

所以，春天就在这里
在废墟上，在混合物的搅拌里
在宣传队员发放的传单里
就像和亲仪式上的册封
月亮想着逃走，我们匍匐着举杯

薄幸·青楼春晚

这消磨有如静静之空气

白天不是拉长，而是压缩进

摘去面膜的动作里

整个夜晚存在于一声鸟鸣

所以，那晚春就是

一场雨，所有倒下的影子就是

一行诗，一盏空空酒杯

所有的记忆就是努力去忘却

我们在回廊下，在栅栏外

谈庭院的话题，谈暮色与飞翔

谈老去与燃烧，谈无声有声之关系

可蜜蜂啊蝴蝶都在笑话我们

它们的花儿开在静止的

一瞬，哪有哭喊的机会

卜算子·刚者不坚牢

我们正经受

不软不硬的存在

像瓶子上的缺口

血管里的凉

像驼背的日子

撑着腰的写作

既不是牙齿

也不是舌头

也不是被掩藏起来的

透风的缝儿

倒像它们摩擦出的

呜呜声，含糊又执着

这是一场和谋

岩石在淤泥里

驾驭着平衡

鸟儿在冬天探出细喙

老者正讥讽青翠

孩子们在草地上跑

像雪人，像鱼骨
却被安排
和太阳、和枪比赛
看谁更会微笑
看谁能保持
生活的重心

风筝用力拽着它的线
独轮车装上了春天
日历受潮了
正设法蜷缩起来
火柴划着后已数到了
第三秒

第三辑　那是假象，那是陡坡

念奴娇·萧条庭院

这冷清一点儿也不小

这风雨一点儿也不大

关上这扇门再关上那扇门再关上这扇门

在地板上这样跳一下那样跳一下

再这样跳一下

我宠爱它们，于是那些天气

就裸体，就变成树变成花

和更远处的愁云较量

那些浸泡在雨水中的文字

就壮了胆子叫起来，让这高一声低一声

去陪伴孤寂

这异样的孤寂啊，这醒后的酒杯

那煤烧到了天上那些书信变成了手帕

你看看，万千心事总关这病春啊

好比翅膀折断而几片羽毛剩在空气里

不需要骨头不需要惊讶的报纸

不需要镜子不需要椅子

不需要放下帘幕也不需要跑到后院

我宠爱它们我知道

你也宠爱它们，你像梳妆一样宠爱它们

我像逃离一样

我像超现实一样

像晶莹之事高高悬挂起来，告之危险

蒙住脸，下坠，下坠

摔碎在地上，每一小片血都

缓慢地占领了周遭的喘：这天算是晴了

满庭芳·月洗高梧

这是粗砺化的艺术
洗刷的艺术，擦除的艺术

月色便可以带着血丝儿
露水下会有抓痕

需要把小区和秋天，和活着的惰性
混合起来，让报纸栏掖进

苔藓一样的诗
雨滴一样的子弹，自杀的云

那拐弯的音调显然不是来自
蟋蟀，它们没必要为黎明生气

而是整幢楼的矗立，电流通向
短路的掩体，而灯全亮了

于是萤火虫继续下坠

有一些巨大的障碍物就像大厅

就像去年九月那群孩子风一样

飘进红砖墙另一侧，都穿着新衣

唐多令·芦叶满汀洲

这是遥远之地

二十年前我就看见了它

可我们全在一条船上，在一个马车里

他们拿着铁索，他们微笑、骗人

生活可以拴得牢固无比

可以坐在绒毛毯上

月亮在河底移动

而飞翔几乎是个干扰物

故乡那么大，今天那么香甜

真是幸运

就如同我们的少年，如同

提前埋藏的想象力，晃动着变成江山

霜叶飞·断烟离绪

我们来讨论一下时间的问题
这关系到叶片纷飞，风雨牵动内心
那霜像强加在身上的咒语
那铁像我们剩下的膝盖

我不认为这是清香，它的虚假
同时解构了马和箭的比喻
这样，我们还能登上荒台吗
还能出现歌声吗？像蝉的牢骚？

我认为那是饥饿，又叠加了
旧的节日和新的节日
那是哑了的喉咙，偏偏要面对纸
呵，还有灰尘，呵，还有蛀虫

入夜转晴，这首诗刚要写完
蟋蟀的焦灼等同于白发
等同于帽子卷入狂风——你说
那是一瞬，还是我们循环的现实呢？

虞美人·少年听雨歌楼上

我的情况可能正好相反

并不浪漫的少年守着一屋子的词语

一个国家和一小撅儿短文

窗户朝向田野但我将它改造过

可以在另一幕同时朝向天空和暗黑的深处

后来我觉得那是一块石头的内部

绝不会是大地。中年时

我学会了在那个世界里下雪

下那种北方常见的狂雪，可以没了

你的膝盖。我的剧本里增添了许多

咯吱咯吱的足音，当然要配上喘息和盲眼症

用不着船，也不会想到让乌云

压着江面，那实在是老故事了，儿童们

会数着天上飞过的大雁就像数着

下一场的几具尸体：这与超市里的一种

游戏非常相似。我曾经带着女儿

去疯玩一天，给她讲那个怪兽很可能

和世界命运相连，是的我只要改动一处，就会

演绎出突降的结局，那算是老年吧——

花絮制作得也差不多，我把白头发

摘下来，每个场景都会折射出

三种时间和三首诗。是的你和你的国家

会有三种命运：那轮子始终转动着

怎么可能像被迫与我们一起滑行的星星？

酹江月 · 水天空阔

那是假象，那是陡坡

像这不公平的春风

像我们无法去爱惜英雄

让落下的太阳陪衬鸟鸣

忍着不看到荒野

忍着不看到黑黑的墙

忍着，让宝剑夜夜生锈

忍着，让心脏被钟点们啄食

不信江也不信海

我须往南再走一万里

再加上十年，或者再加上

一个世纪，去找找波涛的缝隙

再也没有不眠夜

再也没有怒发冲冠

当那月亮来与我作伴

我会把它放在花丛里

你们是一个世界

你们应该盛开着，如我的神话

齐天乐·三千年事残鸦外

这乌鸦代表末日
代表历史隐没在我们的视线之外
只是无言，并且无事可做
那河面上漂满了春天，山谷
映着陈腐的家世

如果再见神明，再有一次
奇怪的天气，呵我的天
我们保准会以增添的经验飞向
此岸，任它圈套，任那些
嗷嗷乱叫的荒野倾斜

好比雁阵的书写，把信直接
寄到我们自动化的生活
不需要灯和石碑，不需要庙宇
只要一个小小的肥皂泡
甚至它炸裂的一瞬间的精彩

那就是重新拂拭了一遍

尘土和往事，似人间提前变老

枫叶染红，青山忙着编故事

知识分子们点了烟，锁了船

红旗招展如商贩游入巷口

天香·孤峤蟠烟

必须跳出那层云烟，必须跳出月亮
你才能看到树，看到海涛

必须跳出树，跳出海
你才能看到霜，看到自由的蓝

为了与那眼眸对望，我丢弃了
变幻的天气，我丢弃了鞋子

我丢弃了它们的咯吱声
我不得不去遗忘灯花和大雪，还有

兔子的转身，空空如也的田野：它们多像纸
多像我们的床铺，街道和头脑

菩萨蛮·风柔日薄春犹早

那显然是幻象：这世界的
夹衫，或者厚厚的赤裸的玻璃
或者你所觉察到的
午睡后的寒冷，改变了颜色的春天

但这就是我们的故乡
甚至不需要以醉态和遗忘
来点缀：它真实得如同
白发，如同繁花满枝，慷慨的甜

这就是入眠，我们的谈话越投机
那小小的光亮就越意外
水杯无聊咖啡无聊以防晒霜涂抹面部无聊
"生活"和它外面的引号极其无聊

这次第，香消玉殒成了迷人的选择
保持无聊的完整性成了注定

戚氏·晚秋天

我是从另一时节思忖这个晚上。雨作为革命手段，洒向更深的事物，远不止于一间陋室和外面的荒野。植物们横起来，抵消了凋零和死亡，并且要求认可它们长出新芽的身躯。

我为此高兴，一个关隘一场雨一行诗，磨难即是山水，残烟是贫穷飞云是饥饿。我要把两段历史叠加起来，人行道要重新设置，电梯要重新设置。

或者来重新歌唱那蝉与蟋蟀，让它们来抢夺我的红旗吧让它们来占领这纸上最肥沃的空地吧！我来呼应你们我来作出副歌部分让这十来年响成一片。

干脆找个酒吧在脑袋里把它们全裹住，任风儿干枯任露水凝固任电视栏目以秒为单位消耗着夜。我其实消耗着白天，对，饶舌和缄默。

我消耗着我的书。我不喜欢动词形容词然而我用尽力气也难以摆脱那可恶的名词。骨头就是骨头，影子就是影子，血就是血。

窗就是窗墙就是墙。又如何能屈指计算那些句子，那过去对现在的起义？那大理石的惰性，鲜花和墓穴长年累月地对抗着，时间和它的黑账本各自完成了旅行。

而我将之称为风光，称为年少的梦，称为狂朋怪侣。像太阳每天给我们一个正午，而宫殿高高矗立。我为那剧本哭了三次，一次在孤灯下，一次在熙攘的街道，而最近一次是在联想起布莱克的时候。

永遇乐·璧月初晴

起先，我觉得那叫寒冷

后来意识到那是遥远

再后来我笃定地认为，是因为

有一个主宰藏在这春天上面

有时，我不只一次地体验到

是在故地重游，尘土与道路

花灯与白昼，城头与海

那些风暴总是最别致的元素

而近来我读到了她的藏书

它们终于躲过了战乱与医务室

躲过了节日和梳妆的假设

我看到她的眼，礼帽舒缓地滑落

我看到家国，像被谋杀的自己

像未成形的诗和一小截儿闪电

我干脆把注意力集中在这如漂泊的

残灯上，它只够燃烧半小时

扬州慢·淮左名都

而那条河，早就丢了喧闹
在离幽静更远的地方。我们的路程
既与凉亭无关，也与鞍马无关

最紧迫的话题是怎么来谈论
春天与广场，那满目青青
与拒绝解释的白石头：它是观者

还是听者？还是作为异乡人的
一次反喻？而今这空城
几乎无法感知到危机，不是

"胡马窥江"，是狂欢淹没了钟表
荒废和繁茂扭打在一起
哪儿是铜锣，哪儿又是号角

怎么来谈论今天的战争：一首诗
躲进另一首诗，一座桥阻拦着
下一座桥，像芍药作别了历史

高阳台·照野旌旗

就让它们招展吧，让车儿开动马儿奔跑
让荒野更远些，天空更低些

让胸徽闪闪发光，帽子像石头一样坚固
让宴会持续到早晨，风雨全藏在对面的博物馆里

让山水凝滞在水银里，新写的诗
倒着一个字一个字擦掉

让我们呼出每一口空气，像把酒一饮而尽
像走在雪地，全副武装的卫队持枪围拢着你

让它吹吧吹吧，把翅膀吹走，把脸庞折尽
把婴儿的啼哭吹到喇叭的最深处

我的喉咙里只埋着一个喑哑的元音
它把来年的饥饿唱成春天：这土地的回响

少年游·并刀如水

而今，那么多曾经的年轻面孔
从你们的身体里走出来
站到对面。而你们不知道
依旧谈笑风生，吃饭，入睡，写诗

就像最锋利的部分生了锈，却以为
清亮如十月，碧蓝如鲜血
以为食物里还有盐，大风里还有雪花
以为手指头还能剥得动橙子

其实，秋天也生锈了，水也生锈了
关节也生锈了，嘴巴也生锈了
扑通扑通的心跳声也生锈了

影子斜躺在地面，它蔑视着你
你的笙吹得越高，它越怀念凤凰：
路上满是霜，哪有什么人！

风入松·一春长费买花钱

所以这是个错误

我们理解花朵的方式是错误的

耐心等待一个真实的春天是错误的

沉醉不醒和流连在湖边是错误的

那白马正拒绝道路

那箫鼓其实解构了芳香

秋千荡起的绝不可能是平淡

这是白天，十里和风

这是夜，丽女如云

这是一场集体婚礼，生活多美好

这是一场旅行，兴味正浓

能承受吗？那混浊和清澈

它们在烟里在水里

在明日残存的幸福里：另一种告辞

破阵子·醉里挑灯看剑

我必须要弄清楚它是
单数还是复数，是实物还是幻影
但这是个难题，因为
灯也不确定，梦与醒也不确定
几个维度的痛苦也不确定

并且——这让我羞于启齿——
土地也不确定，脸孔也不确定
还有幸福之核，自由之向度
所弹奏的乐器，背景是秋还是春
全都不确定，全是那个"一"

是马也是战争，是弓也是霹雳
是王也是天下，是生前也是身后

那么，白发也会是鸟，是云
是缓慢地飞：每个时日都佩带着宝剑

鹧鸪天·玉惨花愁出凤城

说一个让你不敢相信的事实
而今这愁已无影无踪，它弥散到了
空气里，扩充到了我们的身体里

几叠阳关应和着纸与笔的对峙
几重道路装点了心脏与墙壁的游戏
旷野，或那棵小树，是最可靠的信物

今天的幽梦不是融了泪水和雨水
也无关窗儿和天明
也无关书信、月份，无关我们间的缝隙

今天的倒下不会以伤口来计算
但会以另一种流亡，以另一种疼或者痒
来抗拒肉体，阻止那靠近的好梦

八声甘州·渺空烟四远

那其实是大街，是商铺和不厌其烦地
一再出现的小吃铺，是大甩卖的吆喝声

对，是天空，是掉下来一颗大星星
是无边的青绿，我去吃它们它们也吃着我

也是壮丽，是严肃文学，广告刺酸
我的眼因为它像是高高宫殿发出的威严

可有时花朵真的会带了腥味儿，像我们
沾土的鞋子不恰当地跨进了夜

那些帝王还在，我曾在酒吧里遇到
一个正在垂钓，另一个我和他

聊青天的事他只是笑笑，后来他说
他只关注血液，这让我一下子逃回到我的小纸片上

是的有时我的咽喉异常干燥，像那乌鸦

散落沙汀，我会偷偷带了好酒跑到

你所说的琴台或者白云上。我很清楚这是
页眉或裂开的页脚，那些字小得就像被抛弃的巢

清平乐·茅檐低小

这逼仄的时节依然
像个茅屋，正好藏身于
燕子滑行的弧线下

透过青草的遗骸
可以看到生长之痕迹
风的痕迹和摇摆的痕迹

透过尘封的书信，可以看到
孩子们的白发和皱纹
他们正说笑如翁媪

然而空气如砖墙，有着
厚厚的壳，我们在最里面的
小小世界，做着游戏

点绛唇·寂寞深闺

它是大海，是星星背后的黑色
也是小小的房间的紧闭

它是我的一次睡眠，绝望而安静
像屠杀缓慢地延续，欢呼四起

它也是笔尖，是春天的几点雨打在
墙壁上，是灰爵士般的微喘

是上场时刻：灵魂们弯倒如野草
道路弯倒如那个牺牲的消息

如远天彩霞扩充着房檐
你说起归来，我凝望着门口的猫

翠楼吟·月冷龙沙

那温度可以覆盖这些隐喻
像冰凌融化，刀子消失

那画像做着寿，我写着诗
像红漆剥落，鸟儿飞离

广场上的高压钠灯把黑夜
分成两半：欢歌和陷阱

大理石上镌刻着青翠和血
天寒也不动盛夏也不动

我手持五彩神笔，乘白云
骑黄鹤，和你们做游戏

看那雨滴拐着弯也要避开
这道伤口，从石头到纸

从沉睡到扭扭头，到扯下

绷带，让它像旗帜飘扬

呵，闹市就是天涯，晚报
上的绯闻就是萋萋芳草

失忆是甜酒，叫唤是毒药
卷起珠帘为看黎明摔倒

我手持五彩神笔，深呼吸
弯下腿，和你们做游戏

好事近·凝碧旧池头

就像鸟儿凄惨的一声
它终于摆脱了这个春天
像杏花，像野外，像下水道里的
滴答声：不是奄奄一息而是拯救

不是呜咽而是等待
不是遗言而是向骨头里进发
以新的乐器告别旧日，它出现在
溪流中断之地，如这迟疑的雷响

永遇乐·千古江山

实在是壮丽：英雄无觅是壮丽

雨打风吹是壮丽，我们的心是壮丽

这大街小巷，这轻歌曼舞

这满世界的饭馆儿、小吃是壮丽

说他们头上有雷，不会信

说金戈铁马在诅咒他们，不会信

说扬州路上正在着火，你简直在造谣

你站在了生活和壮丽的对立面

但它们是壮丽，更壮丽的壮丽

庙堂之下，乌鸦狂叫，锣鼓震天

你可曾想到这不仅是往事

它们重叠着发生，通往战场

重叠着发生：我们被击中

宝马驶向夜总会，婴儿们捧起奶瓶

鹊桥仙·茅檐人静

我不想拉开距离，但这安静
既像暗灯，又像喑哑的乐器
风雨因为鸟雀不存在的飞行而停驻
月亮躲开了最特立独行的生涯

这是我听到的另一种吟唱
闷雷滑向深枝，故乡归于大海
我们的前半生既是一个带腥味儿的
早晨，又是那块黑布下的瞬间张望

而他们称此为茂密，这不堪
成了粉红，成了绛紫
彩虹之下的逃亡何其安静
咳嗽漂泊在春天的肺里，何其安静

汉宫春·潇洒红梅

我很早就清楚这不一般的关系

春天和霜雪，鸿雁与花期

这符合混沌理论：那司春之神有时会

涨红脸，或者在某个通往地下的洞口发呆

但佯装潇洒真是一门艺术

像高楼遗忘煤火，新诗藏匿了尖叫

空中的汽油味儿正慢慢靠近心脏

有人说修饰了梅花，有人说装点了月亮

怨王孙·湖上风来波浩渺

如今风暴就在水面、在草尖
在秋天的外部在我们身体的内部

风暴就在水光山色里
风暴与人亲近

而奇迹被浪费了好多遍
鸥鹭不回头，我们也不回头

如今风暴在菜场里在新闻里
在温热的血冰冻的心狂欢的表情里

既在戏里又在戏外，说不尽那
无穷好，似也恨那人归早

而奇迹裸露在纸上裸露在蟋蟀的
叫声里，犹如六月长鸣不歇

燕山亭·裁剪冰绡

如果生活如白绸就好了
可以裁剪，可以折叠
可以搭配上妆扮
搭配上胭脂与芳香

可惜没有风雨的位置
不能理解宫殿的破败和鸟儿飞离
就像天遥地远，裹住了躯体却
裹不住里面的核儿

所以，二月也可能是贫穷的
春天的假象也可能是富有的
要看你如何进入一截白绸
如何理解自己是个陌生的人

往北看见了杏花，往南
看见了山水，你的影子就在
两者之间：既引述了美德
也谐仿了罪恶

菩萨蛮·赤栏桥尽香街直

我若是直接把那繁华的一页翻去
就会看到这春天披着一层青色

丽日就是窗帘，蓝天下着雪
公子哥又一次俘虏了他的白马

它们全都显示了饥饿
尘土也是饥饿，花香也是饥饿

你看那红桥佝偻着，长街则像瘟疫
那些蜂拥的，匍匐的，又是说笑又是求情

玉楼春·年年跃马长安市

大同小异。蹄子不过变成了轮子
骑马逛街变成了开车去公司
拥抱世界，然后花钱买酒，然后
为夜色演讲，介绍关于白天的
全新管理方式，为正午规划前景

至于心脏，和那短暂而艰难的
拂晓时分，则可潇洒应对
举上杯子，搂到酒店，在蓝调下
把衣服脱光：说这是绝境，这是
沦陷的中原，但老天爷保佑着神州

贺新郎·凤尾龙香拨

现在是连琵琶也消逝了

连清风明月也消逝了

更不用说这流浪的悲切

这阴暗道路上的黄沙与积雪

现在是没有了面目

三万里等于屏幕上的一寸

战争不在汉宫外，不在天际

而在翅膀下，在身体里的雷电间

但书信每天都来，署名每天

都换，说是代表了生存和新诗学

就像当年那一声终了

开启了缺席的冒险：看不见的解放

尉迟杯·隋堤路

这天色，让我想到狂饮

浓雾是时间的窄床，月光是疼

而河是迷醉，是白纸，是面颊的比喻

呵呵墨水变了颜色就是上船了

眼睛近视了就是上船了

穿上华丽的新衣就是上船了

钻进被窝就是上船了

这浩淼烟波是旧的酒啊

一个人的喃喃自语是新的瓶子

捂住脸就捂住了昨天

捂住脸就捂住了淹没的倒影

就捂住了空荡荡

阵阵心悸

和裸露在六月里的白净脚趾

拜星月慢·夜色催更

而今，正是这奇妙的秩序催动了时间
轻尘拒绝露水，大街嘲笑月亮
你种下竹子便是在土地里种下了
闪电，你亮起灯光就是为一个星球
发出了信号：血液是黑的
而它的心脏正开足马力，隆隆作响

而我的确曾与之梦中相逢
它像个姑娘，像琼枝玉叶，像太阳像霞光
可现在失明了，春风绕着脸
又不能睡着又不能尖叫，又不能
把房门锁紧，把道路抛进千山万水
秋虫吹着它的喇叭：看那堵墙，多像星空！

满庭芳·风老莺雏

我也是在风中长大
这带着腐朽气息的梅雨喂养着我
我也长成了树，长成了山
长成了任何天气下都要盛开的花朵

先是窗户底下的绿苔，然后是台阶
然后是一整片荒野的阵地战
衣服湿了也不怕
炉香灭了也不怕

我确定这就是天涯，这就是沦落
无数次凭栏而望就是无数次
在凌晨经受处决，就是
漂流在海上，看燕子飞舞

我确定这就是心脏之跳动
就是筑巢，结籽，掀开幕布的一角
理解了浓雾就理解了寒灯
远离了筵席就远离了牢笼

过秦楼·水浴清蟾

这内心的火种居然是月亮
所以不能在流水中
不能在清风和树丛中，也不能
在行人渐少的巷陌中或者中断的马蹄中

不能在裸露的井中。我们的目标
不是萤火虫而是书信
不是摇摆的扇而是移动的黑暗

不是金镜铜镜，而是一秒钟的生长
是白发在额头上弯下身子
是梅雨把地面打湿，彩虹的灵魂藏在
青苔之下。是红花坠向开裂的土地

所以不能老睡在青春里，喂养在
绛紫的忧伤里：那天空比你更贪婪
几点星星只算是刹那的天真

横塘路·凌波不过

那是春天的边缘，像某个世界

小心翼翼地积攒着谎言

又害怕把鼓囊囊的盛装撑破

所以，月亮也有了它的界限

花朵的犹疑，灰尘的讥笑

嘴巴与呼吸，暮霭与身影

纸与笔，词与句，都有了界限

一川烟草是为了表达苦涩

满城风絮肯定是揭示了沉重

连绵不绝的梅雨，要么是大大的

灾难，要么是对灾难的失忆

这可不是什么闲愁，我看到

现实正搭在超现实的肩上

铁了心要表演一出耳鬓厮磨

鹧鸪天·枝上流莺和泪闻

它叫个不停

似乎明白那招展晃动的寒枝

隐藏了一个春天的消息

我是该开门还是关门

而鱼也好，雁也好

都远在千里之外

和天气的妩媚无关

和石头的颤栗无关

我也说不出一句话

也是愁肠寸断，也是恨这

黄昏如墙，灯儿如药

雨打梨花时，便是该出走了

那封信倚在门口

里面全是霜雪，全是铁

全是梦里僵硬的身躯

和红彤彤但却倒置的屋顶

满庭芳·晓色云开

天际发白的一刹那，是春天最乖顺的时候
长夜啊，骤雨啊，薄雾啊，都成了裸体

我的沉思也显得不合时宜了：鸟儿穿过
花丛，与刺耳的狗叫，被压成一张纸的距离

都可以握手言欢，都可以眉目传情
都可以消失在最勤快的斗志昂扬的喇叭里

就像这长舞不停，叶片自然地从地面飘起
劫后余生的光亮们像秋千一样摆动

河是弯曲的吗？其实，它悄悄暗喻了我们
站起身的意志，而妩媚的筝声垂落水面

而东风在刮，大红门敞开着，杯中的美酒
下了肚。姑娘采摘着嘴唇，马跑向了仙境

这真是堪称伟大，一个早晨等于车行十年
等于一下子打发了蜂拥向前这种寂寞

满庭芳·山抹微云

它的本质不是遮掩，而是袒露
像不顺畅的诗，像生活戴着面具
像春天拧紧她的身段，远处的风暴
掂量着天地与山水，野火与衰草

所以，我看到号角飘散，而小船
仍在原地，码头的幻象只是个
小策略，和现实的城垛互文、寒暄
和反现实的人群擦身而过

是手段也是态度，是弃绝也是
难分难舍：将香囊解下，交给墨水
将罗带系于雨雪之夜，纸便摊开
哪有青楼，又哪需襟袖与泪痕

所以，怎么会把未知交给夕阳
交给原野，交给飞过天际的乌鸦呢
那笑嘻嘻的光线折射在我们身上
就好比暮色在怜悯跳跃的灯火

虞美人·芙蓉落尽天涵水

如今，竟不是与天空邂逅，也不是

大地，不是衰老和围过来的湿雾

甚至不是自己：那双各奔东西的燕子

合成了一只，小小的太阳藏进了屋

小小的楼啊，小小的路

小小的钟表，小小的骨头

你看，梅是花雪也是花

它们的映衬远比落下更为残酷

永遇乐·明月如霜

当此种皎洁揭示了时间里的恐怖
清凉感溢出了流亡的滋味
月亮就成了月亮的反讽
秋天就成了秋天的仿象

于是池塘里盛满了洄游的戏剧
缺氧之鱼群不过释放了沉默
哪里有词语哪里就有误读
哪里有光亮哪里就有冷霜

而露水掉到地上，就是疾呼
叶片翻滚，就是以死亡诠释静止
三更的鼓声，黯然一梦，还有那静悄悄
躲在小花园的足迹，几乎让生活蒙羞

然而天涯倦客的身份完全一致
就像真理裹挟在持续的风暴里
家园是家园，道路是道路
燕子是燕子，空楼是空楼

就像昨天和今天，旧怨和新欢
我是该怅然凭吊还是该悉心描绘——
佳人在暮春里照着她的镜子
告密者开掘着他雪地上的洞穴

清平乐·春归何处

同一个问题：既关涉我们可堪信赖的
隐喻，也关涉这无以为据的生活
它透明得像砸在身上的雨点，自然得像
这道白纸上的墨迹，穿透了我的睡意

多漫长的困顿，可以以年计
以十年计，以百年计，可以边走
边把脚印擦除，把黄昏涂亮，推倒
珠光宝气的王朝，把沟壑填平

当两次慨叹合并成一次，两次疑问
都指向墙壁指向天花板，指向花蕊中
最柔软芳香的内部，指向时间的核
那幅巨大的无边的绿就开始剥落了

是啊，它去哪儿了？黄鹂和蔷薇
如何知道——那泥泞里的气息
恰恰来自风暴，来自一颗收紧的心脏
来自这泛滥的枝条下的杀戮和迷醉

浣溪沙·山下兰芽短浸溪

而今兰草长进了更黑的黑暗
林间静谧、溪水和泥泞之路已无区别
杜鹃代表着个人主义，在傍晚的裂缝儿里
嗅出血腥，成了颓废之举，成了趣味

你看这潇潇细雨下成了石头
下成了瘦瘦的牛仔裤，街头发白的
叫喊，下成了凌乱的年华，时髦的沉默
似乎保持窗前的坐姿就可以延续身世

一剪梅·一片春愁待酒浇

那新事物也是连绵不断，它超越了
某个春天的边界。有时它不停
重叠在日历上，像过去我们渡过
一座座桥，而风雨飘摇在归乡路上

但它形态多恋，有时像灯，有时
像洞穴，有时成为我预设在新作中的
一副冷酷面孔，与生活平行的
抽象比喻。你越混乱它越得意

我甚至想学习它的毫无负担
它以新的刀片发问，无视灰尘和香炉
无视樱桃和芭蕉。它重读了整首诗
并忽略了裸露的手指和朝外开着的窗

定风波·莫听穿林打叶声

我们都在一场大雨中。叶片啊花园啊

甚至雷啊脚步啊，都是装饰

甚至活着啊死去啊，不妨就看作

竹杖和草鞋，都是时间法则的战利品

这样，再回头看看天气，纵使它

千变万化，也不过如同泥泞中的早晨

不过如同我南方的命运，那被挤扁的果实

依然会淌出它的汁液，比马儿更轻快

而这点儿微冷，以及醉意，就像是

在窗玻璃上晃过了自己的脸

既不是谄媚，也不是屈服，我吃力地

坐直身子——那份无情正生长于滂沱之外

蝶恋花·花褪残红青杏小

而今，这生活之核获得了它的自由
就像花瓣凋落，就像青杏停止了生长
就像燕子们瞭望到了宫殿里的残暴

哪有可耻的事，碾于泥土是快乐的
哪有什么屈辱，生锈是快乐的
绿色混合着灰色远胜过童话里的快乐

而今写诗就像是柳枝上挂着白絮
风儿吹一下，词语们就抖一下
刀尖晃一下，喉咙就咳一下

没有高墙，当然，也没有天涯
至于芳草，我们来看看——
这热闹的戏台上竟然处处是芳草

KTV 包厢里塞着芳草，咖啡屋里
铺着芳草，水边的汽车里也趴着芳草
长长的红毯上长满了厚厚一层芳草

所以，道路自由地延伸，秋千自由地
荡起又滑落，笑声自由地繁殖——
多情也好，无情也好，都不再是烦恼！

临江仙·夜饮东坡醒复醉

兄长啊，来，我们先对饮三杯

一为我们自身，一为这相似的光景

一为更远处的虚无。它们既宏大

又渺小，可爱得像来自天上的注定

像你那个雷鸣的比喻，永远敲不应的门

像这重叠的感觉，既醉又醒

浑然不觉竟然和疼痛是一致的

而颤抖着也可以坚强如钢铁

兄长啊，当你倚着手杖听着涛声

我的月亮也被盘剥成了骨头

夜里有狼风中有刀，水波以粼粼痒感

调戏着巨大的沉默，挑逗着天真的拂晓

而那些风干的罪恶，精制的知识

雨啊露啊，美酒啊毒汁啊，全掺成了血液

可有小舟？可有江海？有时我会

这样问问，以打发三更深处的晕眩

沁园春·孤馆灯青

祖国啊，如果我将这空旷比作客栈

将春天看作无比孤寂的灯

你会在惊诧之余感受到那条缝隙吗

那就是茅店鸡叫与承载沉思的距离

枕上晓梦与白昼的纸与笔的距离

那些霜啊露啊，不是沉默而是欢呼

就像你的月亮仍旧照着道路

我的月亮早就被烫伤了

拂晓由于失去知觉成了陈旧的花边儿

云山啊，鞍马啊，都是空格

就像笔头拒绝舌头，床铺抵制荒野

未写出的部分试图保留身份——

呵呵此事何难，出自黑暗还是热火朝天

这决定了我们的身体是树木还是灰烬

而这块土地，到底是钟表还是凹陷的营盘？

离亭燕·一带江山如画

它必须置于它的背景中
才会显得自然，就像这张画
需要装个合适的框，挂在白墙上

正如绿水和蓝天也有界限
连同这雾色和冷光，连同楼顶，都无例外
秋天也有它的界限

但最深处的一小块荒芜——
它多像那烟雾里的生活，暗处的
花蕊，精装书中被划上一条铁索的铅字

它拒绝涂抹在天边，拒绝长出影子
拒绝嚎叫也拒绝呕吐
对，它一定会拒绝发情，那伪饰的葱茏

而六朝兴亡，就是天花板上的嫩绿
一次次讥笑、发霉、摇曳
一次次从秋高气爽的胁迫感中纵身跳下

卜算子·水是眼波横

现在，眉头与眼波
即是山水，用不着修辞
亦无必要——辨认那些迷人的能指

而春天的确已经远离
我是说，那包裹严实的希望和绝望
也都走了，连逃亡也称不上

反讽和暗喻像是丢弃在战场上的
生锈的兵器，或戏台下的
空座位——大屠杀无比成功

至于道路与家，孤零零的词
我曾想象它们潜伏在原野
潜伏在火里，在灰烬的余温里

现在我知道，它们要急着
找一块石头，纪念我
就像今天纪念着明天，迫切而狡猾

生查子·关山魂梦长

它关乎跋涉，却无关山水

它关乎孑然的身影，却无关鸿雁

它关乎冻僵的手指，却无关家书

它关乎紧紧咬住的嘴唇，却无关鬓角的霜雾

它关乎道路，却无关抵达

它关乎窗口，却无关绿色

它关乎风中的摇摆，却无关晕眩

它关乎魂梦，却无关两个人的厮守

也许，它会关乎遗忘，但我的意思

显然倾向于那密密匝匝、像沙子流下的时光

正是它们遮掩了伤口，打败了眼泪

并会把尖厉的嚎叫一缕缕地流放到晨风里

有时我猜想，它很可能来自

一个伟大意志，一片深邃的"意义"之湖

但这神秘瞬间总是被下一秒击溃

比如恋人的微笑，比如小鸟的叫声

好吧，它既关乎坚硬，又关乎空荡荡

既关乎骨头又关乎春天的呻吟

而这恰如翻飞的海鸥靠近了风暴，词语坚持着

它们的内心：白纸是白纸，黑字是黑字

第四辑　就像在泥土里匍匐

甘州·记玉关

是的，在雪地漫游

在刺骨的寒气里漫游

在枯林间和冰河上漫游

是的，在不超过二十幢房屋的

这个旧宿舍区里漫游

在弥漫着铁和血的味道的书房里漫游

在无精打采的蜡烛下漫游

噩梦是它的倏然一跃

噩梦是回到了温暖地带

像落叶飞进黑暗里

像我在音讯全无的日子匆匆赶路

噩梦是凝望着六月却走入自己的季节

这隐没的方式，爆燃而翩翩起舞

把心爱之物留在冰点以下

如那旧日的鸟只剩下了骨骼

日历只剩下了它的缝隙

折花或者登楼变成了

最现实的问题：我想起当年战斗

那么多讲述者转身倒下

解连环·楚江空晚

我尚未脱险，这洞穴巨大
我以隐居的方式飞着，没有伴侣也没有影子
街区是寒塘，广场是沙洲
绝对的寂静让我耳朵发聋，绝对的黑暗
让我没有了视力，时间作为河流和作为一块石头
是一样的，和作为无声无息的骨头是一样的

那么，在纸上能否排列成行
已无关紧要，信能不能结尾无关紧要
这延迟和空空的房子一样美丽
和不肯屈服的雪的深处一样美丽
这十年我在天上牧羊，造出毛毡和嗒嗒马蹄
我造出许多误会以使期待拉长

至于春天和芦花，那是想象中的街角
一群人在说笑，另一群在巡察
他们白天隔着阳光，夜里隔着黑暗——
他们是靴子的两面，被感觉不到的痒关联着
而一场雨就是一声惊呼吧

我侧着脸，和无用的耳朵，拍着翅膀

"忽然"是个何其神秘的虚词
会忽然相见吗？会忽然出现
一座城一个黄昏一间酒吧一方屋檐
和一丝侧身滑过的亲切？
我不止一次把那熟悉的脸看成了自己
看成了枝条，用力跳一下就会从树顶飞离

临江仙·忆昔西池池上饮

我把这等不到的春天
比作如铅的池水，断绝的信
比作怪异的笑，形同陌路的
相遇、疾疾走动

病榻与旧梦，便是关心
便是接受它的统治
看，落花全都睡在街上
拒绝被打听

鹧鸪天·黄菊枝头生晓寒

这正如黎明时分的微微一颤

横笛吹着六月，风雨穿过十年的恭敬

这正如醉里看花，看人头攒动

但帽子的确戴反了——

不是我一人，就是所有人

酒可有可无，欢笑与哀愁

可有可无，于是我努力尝试着

那大大的悲痛也可有可无

身体犹健，饭量正多，越是忘掉未来的

白发，越看不见夏天里的霜

宝鼎现·红妆春骑

有什么害怕的，那香车宝马装的全是
头颅，全是月亮和旗帜，全是沉陷的灯
美人们发起诅咒，尘土埋葬了箫声
鼓乐停息，那是把这春天撕开了裂纹
情侣牵手，那是他们在逃避衰老的月份

你是皇家我也是皇家，朝东也是路
朝西也是路，你有歌声我有咳嗽
你有盆子我有雨水。只是可怜那些
往事，葡萄如佳人，月照十里
我们把菱花镜打破就像剽窃了生存

儿童骑竹马，老人笑成太阳，哪需要
肠断的一生，哪需要望眼欲穿
多好，那些日子们从来都是排列整齐
一起晃动，一起发出对劳役的赞美——
天上人间梦里，你站在对面像不合群的嘶鸣

一剪梅·红藕香残玉簟秋

连这张最大的席子，最可信赖的
荒野，也已发凉：犹如时节的临近
而植物们正自自然然地腐败

轻解罗裳啊，又放弃了一个观念
独上兰舟啊，又见证了一次
活生生的死亡

书信就躺在隐喻上，要寄给
它的桌面，寄给日历上的空格
寄给简洁的大雁和月亮

花朵和水则重叠起来，支配了
我的悖论：一种相思啊这柔软的土地
两处闲愁啊这虚妄的根须

还有眉头如沉默坚果
心头如黑黑的枝的晃动
还有许多许多月份、年份、改不掉的怪癖

和测不出的距离——你在等你

我在等我，那原来的世界就像

一棵树，站在它的眺望里

点绛唇·新月娟娟

月亮仍在空中滑行，而皎洁
变成了灰暗，酒杯里盛着叫喊

我们的历史有如霜天，有如窗纸上的
晃动，充满了诡异的味道

那些雨中发亮的躯体，正梳理着
黑羽毛：灵魂和故乡，要用多少夜晚来追上

长亭怨慢·泛孤艇

到如今，孤身一人和许多人
竟没有区别，我没有失去什么
他们也没有获得什么
那大门紧密，我们眼睛疼并且
腹部饱胀，这就算是延续

现在可以一起赏花，一起看
云头变幻，遗忘等同于记住
聋子等同于天生的理解力
我调整姿势，低山高水
早上还要漂泊，天涯在最近处

但现在是夕阳送我，老乔木
扶我，所以晚宴上的烛灯
也是距离，餐桌也是距离
犹如到处都是红花，我们
同居一室，看谁的误读更廉价

思远人·红叶黄花秋意晚

好久未遇到它们了，但我要的是
新恋情，把霜、篱笆和隐居的日子
也加进来，把生活的伤口、盐
把一再延长的战争加进来

然后明白远隔千里的怀念
原来也发生在最近处，好比那飞云
无视我内心的舞步，大雁南归
便证明了从未离开这荒芜的牢笼

所以，家书来自任何地方
它们是真理，是车票，是最寒冷的火
拂晓时分的思考，词语的颤栗
是浓雾里的镜子，是褶皱的句号

所以眼泪就成了笨重之物
无须窗户与遥望，无须小儿啼闹
无须慌不择路亦无须野狗——
秋意之伟大在于褪尽了它们的颜色

浣溪沙·门隔花深梦旧游

这样坚持，就像在让血液流回心脏
就像回家，看到那花掩门庭

以巨大沉默，以夕阳的毒
来哄燕子，乡愁自初春转到脆骨

拍打，掀起门帘，起身
看看走了多远和多久，让狗蹲下

听有声音的坠落，花朵们提前
预订了坟地，多像这些退休的老人

多像我的白发，抗拒着佝偻的
十年，不是熄灭而是燃烧，让月亮害羞

它刮啊刮，每刮一次就错过一次
比秋天凉，比死去凉，比活着凉

洞仙歌·青烟幂处

月亮高挂，荒野沉沉
在我看来，这几乎等同于
把仇恨隐藏了起来
呵，那些台阶睡满了树影
我惊奇于它们竟能延续至今
有的向天空呼喊，有的削尖了脑袋
有的站着死去，有的烂了根部

露水顺着十月滑下，调戏着
这缓慢的冷漠与高寒
是啊，蝉鸣不过是起义者的失意
道路像个窟窿，宫殿那么遥远
我们的衣服也并不保暖

如果还有心情打开刺眼的
窗帘与屏风，让喉咙发发痒
让穿花裙的女孩儿进来
饮饮月色饮饮烈酒
饮饮这流霞饮饮这天明

那这遍地的磨圆的石头

还会不会持续遗忘它们的身世

会不会忆起手掌忆起血痕

忆起残破忆起温度忆起

那一夜风雨换来的一万个早晨

我在饮着这把空空的椅子

思忖着要不要登上南楼

看那玉做的人间，无际的秋天

看那镜子还是镜子，雾霭还是雾霭

有悲悯，有轻蔑，有玄想

有美德也有谎言——懒洋洋的猫

甜甜叫着，老鼠打着自己的洞

惜黄花慢·送客吴皋

我不知这是否还与河水有关

那个霜夜正有叶子飘落

我在纸上看到闪电，天色茫茫

墨迹如独木舟越来越远

这是一次没有仇恨的分手

桨拍打着水面就像拍打着现实

而箫声就像我在挑选技法

要掩饰好哀痛，连头条也须回避

把那只鸟放掉，这是最后的

友谊：保持飞行，保持

剪剪发暗的烛心，使之闪闪跳跃

我的船会飘在每张纸上，你一定能看到

鹧鸪天·醉拍春衫惜旧香

其实整个春天都是外套
却装不下我疏狂的心

景致在更外部，或者更内部
不断标下不确切的日期、身份和脸

而荒野上的路显得没有缘由
秋草是年年的爱情，夕阳是流亡的孩子

黑云聚集成铁，密封了雨声潇潇
大河拉长身影，守卫着抒情与酒的威仪

于是不用张嘴说话，不用化妆
不用在下雨天打伞，也不用向花园奔跑

偏偏只向白纸表达，这悖谬不着一字
历史哪有离愁，哪有落泪的时候

齐天乐·庚郎先自吟愁赋

可这是漂泊，那些蟋蟀
不再以凄凉私语的方式经历秋天
光属于门外，梦属于青苔

鸣声去处，在面具上，在充满
解脱感的中年，在没有皱纹的新世纪
此时执着于草尖等同于挑衅

所以一定要让纸和夜的语法
和白昼的忙碌完全同构
让屏风陷于孤寂，隔开山水和疼痛

那暖暖的生活，擦洗触角
往暗巢里运粮，时断时续的爱情
已各自认识，像月亮熟悉了它的枝桠

那最幸福的一只，借着昂贵的
黑暗穿过门廊：他看见
世界睡在大街上，像灯笼下的泥土

鹧鸪天·彩袖殷勤捧玉钟

我把它看成石头的沉默，而不是
可修饰的成分。毕竟那涌动的
美的动力，已持续成战争

于是，在血的叮咚和尖叫声中
婀娜杨柳具有了硬度
桃花是硬的，扇底的风是硬的
月亮西沉是坚硬的

尤其是分别，旧的时光
可以坚如磐石，可以是照着你的灯

于是不管输赢，只要提马背枪
饥饿也好，死去也好
只要抹开眼前的黑，就是相逢

曲游春·禁苑东风外

是的，那舒服的东风从宫殿里吹出
鸟儿欣喜若狂，黎明也不够它们打扮的时间

烟尘则模仿着花的模样，模仿着
火的样子，它可以烧掉半个春天

另外半个，要埋葬在湖里
埋在十字路口行色匆匆的假面后

尤其是梨花，它放着毒气，寻找着
嘴唇和鼻孔，它要验证所有喊叫的表情

只有蝴蝶翩翩起舞，它扇动着
没有色彩的翅膀，就像早已告别了这胜地

蝶恋花·月皎惊乌栖不定

这便是流浪。它像银子，像水

从黑暗里渗出来，一寸寸

涌向发亮的天边，像血液涌向喉咙

那老井依然干枯。辘轳从六月的燃烧

转到大风里，转进腐烂的雪里

现在它叫着，它准备哼哼十年

而这是枕头，这是钥匙：霜风

吹着鬓角，我们的眼泪要去

打湿春天，打湿那街角石化的早晨

这便是自由吗？北斗横挂在房顶

人们在抱团取暖而鸡在睡觉

乌鸦寻找着下一个枝桠：露珠由此形成

清平乐·风高浪快

而今就像在泥土里匍匐

这厚厚的空气叠加到一起

就是无尽的黑，缓慢的腐朽

就是持续的固执和令人窒息的谎话

我是在这样的大海里乘风破浪

寻找最深处的凝固的月亮

并且须辨认它的体态和容颜

为它发现出口，挡住时间的咆哮

或者我是在虚无缥缈中建造宫殿

让它闪闪发光，象征钟表和词语

种上桂树，用以交谈和批判

如果恰好起了一阵风，那就是挽歌吧

江城子·老夫聊发少年狂

此时此地，我看到，剩下的是背叛
当少年成为老朽，软绵绵的骨头和发甜的
无意识掺进阳光，成为空气，成为
土壤和水，那只黄狗也跑远了

苍鹰也飞离了。锦帽背叛了脸孔
貂裘背叛了皮肤和血管，老虎背叛了
它死去的姿势，铁骑背叛了山岗
醉酒的知识分子们正往身上装饰羽毛

看，豪气终于长成树根部的蘑菇
两鬓的微霜呵，正请求返回到尘土
那飞驰在道路上的，不是信使，不是天上
圆月，是深秋似的晕眩感中落下的箭镞

西北望，天狼正数着大地上的蚂蚁：
汽车们喘着粗气，回到各自的家中

蝶恋花·梦入江南烟水路

在这温馨之地，忽然出现了那么多
弥漫的烟雾，那么多水
那么多条道路，不知所终的队伍

那么多破碎的事物，甚至包括
撕烂的阳光，躲起来的呻吟
哦，可爱的身体，扭动的影子们

甚至包括伤口、绷带，最坚硬的
石头与子弹，三百年的脊骨

却始终没有与那团火相遇
那最热烈的唇，燃烧的酒，在清晨
质疑梦境，因而也质疑清晨的
鸟的叫声，它们在哪儿

书信也是破碎的，它同时寄向了
过去和未来，寄向静止的中心
就像天上的雁和水里的鱼

寄向那曲秦筝，也寄向了一瞬间

音柱的断裂：它多像一场远去的风暴

绮罗香·做冷欺花

我们的判断是一致的
那严寒不断加重着自己
鲜花丧失了尊严，春天奄奄一息
蝴蝶被流放了，鸟儿遭受着
戏弄，又是筑巢又是飞翔

呵，这如同
寻不到船也要渡江
也要鄙视那断崖和涨起的潮水

现在让我们把梨花或者夜晚
全交给雨水吧
这样来掩上门，促膝长谈

看看还能不能活下去
是以灯蕊的方式
还是在某个地方长出黑黑的苔藓

清平乐·绕床饥鼠

它们既饥饿又狰狞，觊觎着
大地与信仰，那破床与昏灯

而屋顶上的风直接透露了
这场对峙，呼啸了整个夜的历史

我在两个比喻间寻求平衡
雨是自由，箭是死亡

纸是自由，窗户或者墨水
是死亡，是催眠时的怦然心动

这大江南北是现实，是那并置的游走
从第一把刀，到难数之白发

这萧瑟时光是现实，是我的皮肉
从怀念到来世，从空气到石头

而铁锈是超现实，是秋日毛毯
是棺材，是猫在暗处打着它的盹儿

多丽·想人生

我进了房间想着大雪的天

我脱去外套想着高压线

我摊开稿纸想着地铁站

我听着爵士想着疯人院

我踱着步子想着死鱼眼

我猛吸一口烟想着劳改犯

我躺在床上想着海滩

我翻来覆去想着明天

我向台灯表白却想着闪电

我打开半扇窗户想着远处的叫喊

我在墙上挖洞想着全家福照片

我趴在地上想着幼儿园

我独自坐了半宿想着春天的枪战

黎明的海水淹没了咽喉，但漂泊着脸

八归·秋江带雨

曾经愁苦如细雨，而今

无知觉如钉子：落入深秋

那暗暗写出的诗，不再像网、像鸟

甚至也不像用力收紧，不像乱乱地飞

它们从我无感的身体里渗出

滴入这黝黑而空空如也的年代

不是泥土也不是脚印，不是石头

也不是记忆的拓痕，呵，不是液体的药

笼罩了云烟，而不是为云烟笼罩

吃着怪物，而不是被怪物吃

拒绝自信和风流，拒绝旗帜

拒绝酒和盔甲拒绝越野汽车和望远镜

至于马，或者姑娘，这揪心的事

就长在乔木上吧，挂在蕨类植物上

天涯从不无奈，书信与大雁
汇合在镜子里：瞳孔正知足地放大

诉衷情·当年万里觅封侯

而今战事依旧，我闯进自己的
身体，犹如边塞的突围
我闯进词与词之间，宿营、烤火
我还尝试着闯进周遭的空气里
去驱离它们，去填补它们

敌人蜂拥，既有外套也有赤身
既有尘土也有白纸，还有时代的讥笑
秒针的跳动，集市与秋霜，贱卖与软骨
谁会料到，那雪山装进了心脏
而大地成了叛徒，正和妓女们偷欢

水龙吟·夜来风雨匆匆

它来势汹汹，目标是整个田野
整个天空，整个夜，并将它们扩充成
一个世纪，扩充成历史

我们成为花儿，但还要学会
欣赏衰败和摧残，要在那张奇怪的
脸下摇曳，要学会困乏和慵懒

于是，你就是杏儿就是梅子
你就是大好春光，是愣着发呆和
傻笑，是年年要犯的花粉过敏

还有往事吗？异乡的星星眨着
幼年的眼，你的彩笔与天下
这个词儿，被放在不同的房间里

都是旗都是金属都是纸
都是冷藏的心都是微笑都是逃跑
猫们饶了我吧，播音员阿姨饶了我吧

我不怕老去，不怕这风雨挡住

云月，不怕醉也不怕醒

我怕这身后世界：那枚硬币正爬进兜里

卜算子·咏梅

我们步伐一致，在同一个驿站

接受着同一种惩罚

同一座桥下，消瘦的春天

撑着它的骨架：漂流或走着模特步

哪里还有嫉妒的心思，我们一起

张着嘴，挣扎着从水面、从泥土里

露出脸。新的风雨搅拌着新的暴行和污秽

搅拌着柏油味儿，那是我们的香

木兰花慢·老来情味减

让我兴致索然的不光有这一身

外套，这钟点，刮胡刀与酒

烟圈儿与月亮

还有这赤裸年代，脸，名字

还有晃眼的灯，虚无的火

甚至归船，甚至那划的姿势

有时，纸与笔也是多余

白天与黑夜也是多余

孤独与大痛，珍藏与遗失，也是多余

只剩下旅途，与那天上诏书

若世人问起，莫去找那落雁处

也不用听那弓弦空响

只消翻翻你们的笔记

拿起针线，在我离去的大洞上

补一块帐篷，补补那真实的风声

惜分飞·泪湿阑干花着露

这悲哀，眼泪不能承受

被白露打湿、看不见的鲜花不能承受

拂晓也不能承受：每片黑暗

都飞起来了，都感受到了微颤

两个最近的春天隔了好几重门

两个最远的夜被粘满红泥巴的车轮连通

我把自己锁在深山，锁在石碑里

如同潮水下定了它的决心

蝶恋花·楼外垂杨千万缕

它停驻的时间真的太久了

或许，它想以此陶醉作为结束

以火的逻辑扩展暗影

以绿的形式掩藏霉味儿

絮花不住地飘、躲避，构成了陷阱

我完全理解杜鹃的悲哀

它心如铁石，与春天隔着许多山川

隔着雨，隔着长路、铁轨和酒

隔着交际舞会也隔着诗歌朗诵

五十年就是一个黄昏：一块煅烧的金子

醉花阴·薄雾浓云愁永昼

呵呵，这漫长的时日

需要说那么多次"再见"

每个时辰都是佳节

每声尖叫都拉长成沉寂

我围起栅栏为防黑狗

我脱去衣衫为露出皮肉

莫道不销魂啊，那远处有

丰富的黑暗，地下有厚厚的煤炭

莫道不销魂啊，那近处有

洗净的骨头，血里有冻结的心脏

但帘子一定要卷上去

让秋风卷也让春风卷

让太阳卷也让月亮卷

它们只看到我瘦比黄花

却看不到那细小的光亮正蹬上

长靴，逃离白昼！

石州慢·寒水依痕

哪里还有痕迹？无论上升还是下落
这是另一种蓬勃吗？疏枝与寒蕊
与这公寓，一起参与了流浪

天涯也好，街道也好，既构不成
旧恨新愁，也无法成为呼唤的一部分
这是另一种销魂吗？

我打开大门，放心，我从未指望
春天的苏醒，就像从未指望那些雪
解除武装。它们充斥在所有

房间，嵌在墙壁里，并在报箱
在楼梯间、在电视屏幕上留下暗语
所以，我与自己的相逢，只在离别时

渔家傲·天接云涛连晓雾

它们都是紧紧挨着的

犹如月亮与黑暗

这摇摆的命运和星光闪闪

彳亍走动和大地上的居所

是啊，那上天的问话

和我们的归处

一滑而过的白昼和咬紧的

牙齿，魂魄和风，躯体和佳句

都关联成了一体，似乎

它们就是黑夜和涛浪

就是鹏鸟的意志

九万里之外，蓬舟正静止如雨点

正静止如黄金，如那回眸一望

你的瞬间连接了我的永远

踏莎行·情似游丝

而今它粗硕无比，像缆绳，像钢筋
像支撑屋宇的立柱，像天上掉下来的闪电

我则缩成了小石子儿，断砖的一角儿
金属豌豆，这星球羞涩的核儿

却依然息息相通，宛若泪眼相望
宛若管子里的水，连接着上升的太阳与池塘

烟雾和绿，小舟和风暴，已不是分离
大雁和余晖，野草和风，已不是相聚

呵呵，已不是忧愁，已不是欢笑
好比明朝与今宵，妻子与情人，好比

这春天和它的病躯。而这些
我们该叫做洞口，还是贴上标签的某种缄默？

西江月·堂上谋臣尊俎

那些设计，今天都与一种
不幸的生活相关联
它们既是谋臣也是将士
它们在纸上烧着

而这就是讨伐
我们的决心与大风对抗着
掺进词语，掺进缝隙
掺进一些错误和骨头，算是犒赏

苏幕遮·燎沉香

这空气里的味道让人
想起燃烧，想起焦黑的骨头
哪有争鸣？哪有雨止天晴？
屋檐底下尽是春天的头盔

但可以透过一阵腥腥的晨风
去体验这条窄街，就好比
透过一滴雨去看太阳

我还将其比作故乡，比作
水面荷叶，比作漂泊的十年
从硝烟中的脸到酒吧女郎的媚笑
从五点钟的坚持到客居三月的旗

哪一天能回去呢？
我还能想起我吗？那只船
荡在天边，就像黎明删除了广场

杵声齐·砧面莹

相比石头一样的固执

相比一种坚硬

以及外表的坑坑洼洼

那些最轻柔的事物，比如

不是凝聚而是散开的空气

比如满大街飘荡的笑脸

比如春天，比如睡眠

比如不紧不慢的呼吸

比如像死亡一样安然的生活

倒成了最乖顺的工具

如今每一天都是一座雄关

那些铮铮誓言啊、白森森的

骨头啊，眼泪啊墨水啊

还有漫卷诗书，还有

迢迢千里道路

都被磨得光滑似玉

都亮得晃眼，一闪一闪像星星

我们跟着这混合的步调旋转

一如那些苦涩的日子

被打成了甜甜的浆

千秋岁·水边沙外

这是最持久的决裂：当繁花似锦
鸟语啁啾，那彻骨的寒冷从未消失
如同我这身世，一个错乱的轮回
苞蕾与翅膀的影子消耗在夜里

同时也燃烧着，挣扎着，成为
异样的绽放与飞的姿势——
既不用理会灰尘，也无须灯的照射
没有静止，没有挑逗，没有空气的

颤栗。这是最持久的来临，就像我
离群索居，解开衣带，上楼下楼
而镜子里霜雪正逆向漫延，从春天的
末梢，直到大地裸露出它的心脏

望海潮·东南形胜

寒冷一步步挨近

我试着向面具祈祷

把更真实的心脏

种植于珠玑罗绮之地

让败荷的暗影

逃遁的烟霞

沾上傲慢的铁锈

在波涛汹涌之所

享受内心的旋风

在羌管的微颤间

把霜雪涂抹于浪涛之上

在菱歌的倾斜里

掂量白昼与黑夜的斤两

醉听箫鼓呵

我看见洪水席卷而来

我看见十万人家灯火摇晃

狂雪覆盖了游乐场的身躯

鲜血一滴一滴地凝固

扩展了它的地盘

青门饮·胡马嘶风

身在南国，却总能听到
呼啸的北风，文字缝隙里的追逐
又是声母又是韵母，又是沉默又是哆嗦

就像晚霞似火，而常常令我想起
拂晓的熹微，地平线下蜷缩的骨头
又是雪花又是旗帜，又是屋檐又是死囚

倘使有一轮残月，且不管它属于
前半夜还是后半夜，发白抑或发黄
让人昏睡还是惊醒，还是惬意地爬行

我都将其视为信物，赋予最精致的
修辞格，用上燃烧，用上奔跑
用上在白白的纸面拖出血痕

真是难熬啊，叫做霜天，叫做
长醉，叫做镣铐里的身段
在尽头，祖国掀开面纱，我跃马归来

鹊桥仙·纤云弄巧

用了这么多千变万化的手段
她的容貌依然半藏半露
如同这堆积起来的日子，遮挡了
银河的瞳孔、生活的核心

有时在秋天的比喻中我们相遇
她的脸儿像霜，她的心像这土地
她的脚步像穿过巨大帷幕的风
虽然短暂，但胜过浑浑噩噩的一生

像吸到了林间的氧气，像张开了
白色的翅羽，像绿油油的枝蔓
行进在断壁残垣上——我会忍心
让一个浅薄的世纪将她遗弃吗

卜算子·我住长江头

这是大地与书房的关系：都在天底下
都灼烧着，或都覆盖了冰雪
都有风在疾疾游走，以此混淆的方式
藏匿了鸣叫，都衬托了空荡荡

小虫子，鸟，挣扎之内心，然后是
鞋子。还有漫延到整个社区宣传栏的
巨大的白色，正为荒野做着广告
既不是黑暗又不是跳动的火：这就是距离

鹧鸪天·林断山明竹隐墙

这世界其实陷入了睡态

远不止是以树林遮山，以青竹掩墙

某种程度上就是和影子的关系，或者本质上

就是影子。而秋天和蝉鸣，小小池塘与

草的颜色，不是容纳不下，就是变幻了身份

但有时还要看看天，看看鸟

它们翻飞的姿势与黎明正好倒置

越高就越冷，越自由就越黑暗

越想念莲花就越愚蠢。因为你是土地你是

河流你是失眠者，你不是梦不是罪恶

所以漫步依然重要，从现代村舍到

早晨的金光，从古典城垒到后半夜的雷鸣

手杖是需要的，挂着它此路就不显笨拙

就会呼吸通畅犹如浮生。如果能看到夕阳

或者淋上一场大雨，就等于是复活

洞仙歌·冰肌玉骨

而今，盛夏消失了
这国度的肌肤被包裹得严严实实
汗迹全无，像冰雪那样的比喻显得可笑
摩诃池早就消失了，暗香消失了
来去自由的风消失了，宫殿消失了

窗帘是多余的，月亮是多余的
偷窥、失眠、性感地躺着，或者携手走到
星星下面，被时间的浅浪打湿，都是多余的
你甚至不必提醒自己：这是三更时分
这是深渊，这是报幕人的挑逗

念奴娇·大江东去

它的本质是时间，是黑暗

战场无处不在，充满石块和悬崖

英雄看到的是海，小丑看到的是泡沫

但都要被卷起，卷成雪白的墙

而我们在哪儿？那片圹地在哪儿？

抽烟无济于事，欢呼无济于事

月亮也无济于事，它偷偷惩罚了自己

像子夜一样摇晃身体也无济于事

一边是漫长的奔跑，一边是无声嗥叫

一边是发霉的面包，一边是鬓角的霜

我们在哪儿？在外部还是内部的黑暗？

木兰花·池塘水绿风微暖

我知道这就是深渊

那和风与微澜就是它的门帘

还有她的面庞，她的歌声

妩媚眼神，红裙舞步

无非模糊而凌乱的阶梯

一直向下，直接或迂回地向下

就像夕阳与天色的互相

装饰，花朵与宴会的

巧妙搭配：我知道

拒绝坠入其中才是春天的全部

玉楼春·东城渐觉风光好

这本来可以是斜阳晚照的时刻

可以是一杯浊酒的时刻

是整个世界向闪电挥手

与风暴告别的时刻

但花儿开始喜欢上铁

它把愤怒紧紧包裹

它喜欢让海凝固起来

让绉纱般的黎明装点浮生

于是全剩下了欢乐

像红杏倚在枝头

像春天在沉陷的山谷照着镜子

书房里的假花正啜饮着黑暗

全剩下了欢乐

假花们全身瘫软

春天把它的金属细末看成

晨雾的善举：不是枯萎而是绽放

可惜这海并不透明

从祖国到春天

所有驿站都断了音讯

就像是芬芳与山崖的距离

只有水波殷勤

四月保持着它的机智

船儿被灌醉了酒

正漂向满是丁香的高高城垛

千秋岁·数声鹈鴂

有时觉得，自己就是一只杜鹃

看春天远去，芳菲衰歇

而荒园里的风暴搔首弄姿

勾引着遥远的雪

呵，莫把幺弦拨，莫把幺弦拨

当时间也会苍老，驼背，得了健忘症

当墨黑的拂晓涂满谎话

当窗格子里的弯月一动不动

（它变得羞涩、温顺，就像地板上

我们昏睡的、扁扁的身影）……

春宵一刻就成了夜的花边儿，成了

站街女唇边的一丝浅笑

看，那逐渐消退的柳絮的飘舞，多么昂贵！

留春令·画屏天畔

我不承认这些都是虚幻
语言的景致并未全部隐没在天边

何况，虚幻也可显现于另一时间
就像行云流水，或躲藏进拂晓的黑暗和风

就像白纸也可以刻骨铭心，春天里
隐蔽的杀戮，定然会在石头上留下抓痕

就像道路之惶惑是可见的，有时
它们远比道路本身清晰

还有这飘飘然之时代
阳光之歇斯底里，叶片之不安、惊恐

当然，还有满眼幸福的人，他们是离别的
制造者：要么是红酒，要么是泡沫

阮郎归·旧香残粉似当初

几乎到了界限：时间的或者

我个人的，以这些残剩的香气

作为诱饵，作为拷打和审判

而王朝还有一个尾巴，秋天

挂着狂喜的红晕，广场上的人

为了保护腰椎正倒着行走

这便是醉乡，凤凰坚守着她的喉咙

这便是愁肠，鸳鸯抵制着衾枕

这便是家书，文字皆成道具

这便是道路，它赦免了那块

向上滚动的石头——

舌尖紧抵着牙关，苔藓遗忘了尘土

第五辑　我们来做个实验，让它向下长

霜天晓角·晚晴风歇

我现在是以傍晚和入夜
来抵制寒冷，以稀疏和黯淡
化解热情。天空越远
人群越任性；这房子越逼仄
这市场越喧闹

这白云也不自由，这花儿
也不会怀念大雪

真是绝伦之美
风景也绝，愁也绝
胁迫在这个密闭的蛋里
它有着光彩的穹顶，照人的
沾在墙上的大太阳

有黑体字的报纸
延续着日历，把饥饿牵引到梦境

有大雁飞过？有貌似婴儿的

咯咯咯的笑声？

哦，那是春寒在显示

它的威力

那是此时此地的独特性

正使风停下来

对，在这圆圆的钟罩上

安上缺了一角的

屋顶，霜天，和被咬掉心脏的月亮

还有我洋洋自得的专利

那裂缝正从装饰品变成另一世界的

瞳孔，传递着闪电的微笑

水龙吟·楚天千里清秋

现在需要去分辨这秋日里的
火焰，这天空里的暴戾
忧伤如此晦涩，而眺望
包含着惨烈和忍受

那撕扯的风暴、叫声、词语
浓缩在倾斜的翅膀上
那南方的天气也变得锋利
延续了我的漂泊

于是觉得，天涯即在这滚烫的
盘子里，在升高的蝉声里
那消亡隐藏在安逸里
它们的骄傲掩饰了羞愧

是啊，树已长大，最急迫的不是
英雄流年，而是猫头鹰的尖叫

念奴娇·闹红一舸

其实是在燃烧，那荷花
签了最后一道协议

另一方既非社会学的
鸳鸯，也非政治学的池塘

更非美的空气，玄奥的雷
支起脚尖跳舞的生活

是它自己，失忆的失恋的
受迫害的流血的抗拒僵硬和

从身体里分离出来的
它自己。而波浪

复制它，无数个春天和夏天
消费它，看不见的灰烬

透支它，完成后现代的

荒诞剧——鱼儿们

裹挟其中，以叛乱并且逃亡

的名义，飞身跃起

高阳台·修竹凝妆

我们来做个实验，让它向下长
为的是能延续到新的世纪
让盛妆贴满树皮，从帐篷里钻出
让骏马加快速度，进入荒山
然后再添上几笔，帮鸟们逃离春天

然后发现这就是故地，椭圆的夕阳
坐着轮椅，紧拽着东风的尾巴
它们一个秃头，一个长发
借着酒力比赛，看谁更有力气更耐心
看看谁先醒来或更加昏庸

然后发现这就是当代，花前月下
我们互相辨认着脸，摸摸照片
春天既不在地下室也不在阳台
不在灯前也不在纸上，我记得上次
安检时不小心从裤兜里掉了出来

继续再往下长长，长到消瘦

长到我们的骨节成为嶙峋的岩洞

像那朵花儿沉到水底，向我的手告别

向搅动的黎明、风驰电掣的警车

向泥土里的鱼，那最后一发子弹告别

鹧鸪天·家住苍烟落照间

谈家园就像是在谈论星期天的下午
谈论一只风筝，谈它与飞翔的关系
谈论镜头里的散步，书页里的酒

一种无拘无束反对另一种
自由套在了自由外面，这就像
竹林里的竹林，长啸外的长啸

就像我们的年华衰残于
天天翻看的晚报，不时露出小尾巴
不时与钟表会心一笑

而身体开始变轻，飞起与叼烟写作
并无区别，风筝或鸟，或裹在雷声里的
静静绽放，可能并无区别

渔家傲·东望山阴何处是

现在可有眺望山阴的欲求

可有**眺望**

那道路有万里之遥，那黑暗像

陷在井里。家也不知前后

信也可以空白

那当年的红桥与天涯何异

那对账单，不就是

看不到的坠落吗

我不再寻找兄弟，或任何

复制品、替代物

也不想以缭绕之烟茶覆盖白发

所谓年华，不是疲惫之倒影

亦非忧愁之叠加

甚至，无关眺望或眺望之超越

它正是山阴深处，是浸泡在

流水里的石头，是漩涡

是一首现代诗的首句：它望着自己

凤箫吟 · 锁离愁

这几乎是我唯一的认同：这连绵的春草
一如连绵的离愁。然而我不曾离去
把自己和自己的空缺叠加在一起

把绿色涂抹于孤云的心脏，把小草
种植在星辰的寂静里，安排好
落泪的少妇，并在犹疑的句号前
打发走不归的王孙

那些尘土依旧飞扬，三月折断了它的
肢体。我气喘吁吁，想抚摸一下
乱花、飞絮，想和它们拥抱
像弹孔与春天一样紧紧拥抱在一起

是的，香气袭人，这正是太阳
躲进池塘的原因。我只是拒绝了
醉眠，并以月亮的方式思考着灰白

剑器近·夜来雨

过去是海棠引来春光，东风
吹停夜雨，我们担心它的离开
生怕那风暴让鸟儿迷失

现在它一步步在刀刃上行走
从一个洞口返回到另一个，却不再是
静悄悄的倒下，或出海的正午

这浓雾隐秘，这粮食干瘪
乍睡起，混凝土怎么也卷不上悬崖
我想柳絮肯定飘落如沾满鞋印的路口

还有泪珠如灰烬，故人若蝴蝶
田野如东流之江水，呵憔悴到这般地步
那些情书荒凉到这般地步

全是车的鸣叫，汽油味儿让人断肠
它已走远，不会如暮色，不会如镜子翻转：
落日夹在了女性杂志的中缝里

采桑子·恨君不似江楼月

小小的悖论：月亮
而今延续到了大理石上

延续到了我们的嘴巴、脸和影子上
据说它们才会构成时间

但比月亮更调皮，比时间更狠毒
它们随时离开身体，而不知何时返回

酒泉子·长忆观潮

当它呼啸而至
我正好阅读到书页边缘的
空白地带，或者秋天之末
就像石头滚入大海
满城的人用躯体去填满空气

红旗与鼓
与飞翔
与不情愿的阅读
它们融解了愤怒

一张肖像，两张被分开的
肖像，三张完全雷同的肖像
在震耳欲聋的孤寂中
我失去设计口吻
不止一次觉出了寒冷

六州歌头·东风着意

它是这些诗句的核心，以怪异之方式
存在着。几千年依赖于桃花
几百年依赖于砰砰枪响
几十年依赖于填充
周遭的空气

这有助于理解一个拼图游戏，它构成了
我们的脸：先以半个春天遮住眼
再用四分之一个春天捂住嘴
最后是鼻孔，一定要一个
一个地堵

呵，这算是上了新妆，我们终将完成
所有的春天，以可能的想象
和不可能的现实——
临水岸，云日暖
香如雾，红随步

夹城西，恨依依，风流地，武陵溪

昂起头，解放区

弯下腰，一二一

倒数五个数儿

手举起

烛影摇红·双阙中天

现在，再想想这春寒与大海的关系
温度与自言自语，骨头与沉睡
瑶池与旷野上的欢宴，深宫与
惊恐的鸟，都体现了后现代的现代性

而不是相反，那流年如白驹过隙
你望望北天的沦陷，我瞅瞅南墙上的
苔藓。而今归雁的符号越发清晰了
就在正午的灯下和子夜的镜子里

喜迁莺·晓光催角

其实是鸟儿惊醒了早晨
是光惊醒了天空
是一片片倒下的黑暗标识了时间

而它们构成了巨大的沉思
构成了纸和雾，村落和马，月亮和狐狸
还有隐约可见的道路

我时常掂量着小树林和大地的关系
它们犹如酒和寒冷，影子与灯
一块守不住的石碑和守不住的

月份。风尘满目。死亡被冻僵在
这十年，没有草也没有霜
没有书信也没有故乡

其实是笑脸延续了追念
犹如漂泊涂抹在西天的烟里，一个世界
花好月圆，另一个浓缩成了火

于是让它醉着吧，让它麻木吧

墨水瓶支撑着整张桌子

我用你们的戕害支撑着完整的魂魄

御街行·街南绿树春饶絮

你把它们比作大雪，我知道
这几乎已是那个时代最正直的事
倘若从柳絮退回到树丛
或者从晚春的道路退回到大雪
我们就会从今天的残暴回到
同情心，回到更符合情理的对话

或许那就是一朵娇云、三两人家
就是你惆怅的高楼、我拥挤的书房
我们可以一起阐释风卷残帘
对街南的大树，以及那葱茏绿色
做出脚注。这逻辑真的可以
像超逻辑一样，来自同一场滑稽戏

就是说，而今不忍离去的理由
已不能从黄昏骤雨中索取
就是说马儿盘旋，落花犹在
但那小小的屏障，那截无法倚靠的
栏杆，一面墙，一扇门，一张脸
竟构成了真相，我们都已长生不死

谒金门·春已半

我们同样愁绪无限，你为过去的一半
我为没过的一半：还有些身影没被吞没

但我也比不上那些飞鸟
它们不用在享受和厌恶间作出选择

而漫天的芳草依然可爱，远方依然可爱
你站在它们后面，我在前面

是啊，你是眺望，我是追想
这谬误绝不只隔了层时光的帘子

就像天空被墙壁切开，我的焦虑
不在于花的枯萎，而在于它黑暗里的模样

凤凰台上忆吹箫·香冷金猊

算了算了，让它熄灭吧

算了算了，让它乱摊在床上吧

算了算了，让它打扮吧

算了算了，让它堆满灰尘吧

算了算了，让太阳照着吧

算了算了，让害怕延续吧

算了算了，开口吧

算了算了，消瘦吧

算了算了，喝酒吧

算了算了，生病吧

算了算了，让秋天走远吧

算了算了，都算了吧

算了算了，离开它吧

算了算了，唱唱仙境吧

算了算了，忘了书房吧

算了算了，高楼啊

算了算了，流水啊

算了算了，拒绝了这些比喻吧

算了算了，遮挡住我的眼神吧

算了算了，摸一个方向吧

算了算了，挑一种新愁吧

算了算了，把这出戏留在人间吧

如梦令·常记溪亭欲暮

如今，傍晚与酒，舟与荷花
道路与沉醉的关系，都未改变

甚至那陷阱也未改变

却多了死灭的静寂：没有鸟
没有吃惊，也没有女孩子包裹起来的
伤口与飞翔

御街行·霜风渐紧寒侵被

问题很简单，寒气逼人的理由
就在两种修辞的对峙里——
被窝与大雁，泥土与诗
但不是并列的排比，或递进的夸张

别看它们一声比一声心碎
一浪比一浪高，一个时辰比一个时辰
更嘈杂更绝望更接近黑暗
都不会让人披衣而起

都不会让雁儿停一停，让词语
穿透这个屋顶。这是场
充满童趣的拉锯战，塔儿南
桥儿外，你说奇怪不奇怪

如果出现了红楼的隐喻，肯定不能是
孤伶伶的，而且要配上梧桐叶子的
熊熊燃烧。所以千万轻轻轻轻轻轻地
低声飞过吧，切勿打扰了完美如顶针的鼾声

湘春夜月·近清明

那个节日的内涵恰恰在于
鸟鸣消失，在于飘泊
在于一个人住进旅舍，理解孤寂

是夜被喝空，是房门最沉默
由月亮的仰慕者到下一秒的
厌弃者，任由春天变化它的脚步

任由夜长梦短，青山从来
不语，而这个楼层恰好有个舞池
那儿全都是意中人

全都是要找的刀子，何须
寻遍人间？这次第
完美阐释了失踪：向星辰告别

沁园春·斗酒彘肩

只有在狂风暴雨中才能抓住
这闪电，在倾覆的看不见的风雨中

岂不快哉，约了白居易
与瓦雷里，约了人的喧哗与书信

而东坡正在寻找他的第三层
比喻，给那面镜子，给对饮的角色

是天地还是栅栏？车站里人来人往
看不见的脸和看不见的桃花？

还是林逋有趣，孤山比那些房子
更近，那只鸟比死亡更近

就让我们闻着这味道翻开年历吧
2004，不零不整，算是

从历城到铅山的中转站，算是我们
一起推开松树，把这天气加进了咖啡里

鹧鸪天·肥水东流无尽期

而今是有一个日期在向你召唤
像海，或静止的一瞬之于羽毛
那画像也真切了，小鸟的叫声
也真切了，犹如这三十年的疼
所以春天即使没到，但已开始
一秒一秒地数，一寸一寸地把
绿色钉向脚下，与白发同呼应
而漂泊熟悉得多像关上床灯啊
那是节日与团圆的距离，那是
红莲与白纸的叠加：两处沉吟

临江仙·柳外轻雷池上雨

它们尖利如刀，从天而落
击碎了池塘和夏天
也击碎了我对蔚蓝的想象

在我的日记里，恰恰是六月
成了一弯断虹
像是血液从楼角浸出来

轻轻的雷声由近而远
蔑视着人群的仆倒——
那钩新月勒紧了自己的动脉

而燕子们在云里挣扎着
看，几片羽毛正凌乱地旋转
好像在模仿子弹的样子

西江月·醉里且贪欢笑

显然这是醒着，是折叠起来的忧愁
是饮下最后一杯，是起身结账

因为全都是余生，大把大把的
耀目的白色，全是相信，没有设问

多想有一次穿梭：那醉态真好
我扶你时，你推开了我

我知道，你是想把树还给树
把锁链还给锁链，大海还给大海

后来，你也成了古人，我也
成了古人——我们在我们的身体里么

阮郎归·天边金掌露成霜

不如说就是了如指掌，露水也罢
白霜也罢，抵达了那声沉寂的时光也罢
云朵也失去了自信，雁群最终会发现
它们成了遗世者，没有遥远便没有了
飞的姿势，显然也不需要风暴了
连梦也没有了，连谎话也没有了

但居然还有我往日的形象，这简直
是个错误，简直让人担忧
可以联想到酒、疾病，联想到
美丽脸庞，脚印，那扇关闭的门
还有在夜里开灯，几只惊讶的飞虫
拍着翅膀，黑暗就像花儿一样散落一地

采桑子·群芳过后西湖好

其实花瓣可以是更加严肃的修辞
残红可以是时间的暗影
零乱的样子可以是天空的脸

我是说气候，对，我们吸进
又呼出来的细微事物
有如这飞絮蒙蒙，残冰堆积在春天的屋后

它们像绿色一样浮荡着，刺激着
大地的肺部：有时真的像在
玩一场赌注，正是那些蕊受到了侵犯

是啊，笙歌散尽，始觉春空
当那窗帘慢慢垂下，那盲者听见街道上
群鸟啁啾，绝不是穿行雨中的金属

但它们远比金属冰凉，可以穿透
所有心脏：游人如织
每人都擎着一块衣衫褴褛的天

瑞鹤仙·悄郊原带郭

显然这已不是一种友好的
连缀关系：城镇们突兀地站在地上
道路被暴风雪堵住，分不清
哪儿是欢欣的人群哪儿是烟尘
斜阳早就逃走了

如果出现不约而遇，碰上了
老熟人，一定要注意他的
精神状况，是不是和你一样
患上了白天的病
那些光线闪闪烁烁，难以置信

是啊，别急着上马，别急着把车
开到野外去：大地冻成了铁
而我们醉意未消，定会指着东风大骂
这落花满地岂不是你捣的鬼?！

绿头鸭·晚云收

如今，更有效的可能是简笔画
布景可以撤掉，天空就干脆改为
暗室里的琉璃，大地缩成角落
将海底放在稿纸上，月亮嘛，换成
陈旧的灯罩，绝不能是亮晶晶的盘子
嫦娥，让她躲在神龛里沉默
也可以狠心涂成一块黑布

不要灯光，也不要任何敢于折射的
东西，譬如露水，譬如哀愁的拂晓
譬如鸟儿飞翔的姿势——
它们在过去总是用得到，现在
统统换成石头。而且一定不能碰撞
不能发出声响，不要以为听得到
滴水的声音，就可以把喉咙张开

如今也不能起身下楼，花园过于
张扬，夏天过于聒噪，阴影儿
又没有耐心——它们简直还构成了

威胁，不可信赖，根本不能预测天气

还是想象一下没有色彩的河流吧

你可以在纸上一笔带过，这艰难的

光景，不过是片刻的静静伫立

浣溪沙·旋抹红妆看使君

这就像在匆匆打扮一个早晨，劝慰一次
无解的沉思，悉心分辨困顿的光景里
哪些是需要原谅的，哪些是需要道歉的
那扇篱笆门正长进冻僵的土里，充当新裙子

哪些是需要遗忘的，老老少少，鬼怪神灵
向前一步的嘲笑，醉倒路旁的美誉
多么幸运，星星们及时闭上了眼——
乌鸦正绕着我们的食物，天空早已远离

诉衷情·清晨帘幕卷轻霜

我知道，其实是那摊血迹
变得发白，有如陨石在坠落中
将自己磨损，有如梅花
装点了羸弱的愤怒

这个早晨也不过是那抹远山的
一个黑点，这广场和街道
不过是道具，可以让节日变得孤寂

欢歌与笑语，其实就是霜雪
正侵入那些皲裂的缝隙

断肠人抛起硬币：月亮失踪了

蝶恋花·几日行云何处去

这些晕头转向的云彩

就像是春天的血液

流动在它变硬的血管里

这些奇花异草

和藏在后面的道路、雾霭、深渊

凝固在马的瞳孔里

它们被紧紧拴在一起

拴在一棵树上

既没有主人，也没有燕子

我为此发愁：柳絮正坠入大海

车子停在花园的前方

中毒的心脏成了四月的口令

风流子·新绿小池塘

而今，必须以新的比喻来描述春天
比如这池塘涨水就像阳光的疑虑漫过正午
像燕子飞过旧巢，绿苔爬满灰墙
像我的房间充溢了大海，我的古怪想法
吐着泡沫仿佛海里的星星射出了光

必须以新的耐心静候书信和月亮
静候鸣叫和晨风里发咸的腥味
静候佳期、明晃晃的镜子和我们湿漉漉的
洞穴，静候床铺：虽只有匆匆一面
也要凭着侥幸，设计出自己的脸

西江月·照野弥弥浅浪

这恰恰是尘世，黑夜并不想
分辨出月亮与篝火，荒野也不想

黑色还可以穿过这层荒谬
如同薄云与马儿，哪有脊背

如同浅溪与煤层，春天与哮喘
芳草与那些身披绿漆的自由

哪有刑期，时间就像那块美玉
早被踏碎了，哪有杜鹃执着的啼声

我相信，停在花坛前的汽车也不会想
还有地摊上活泼的封面女郎

大学实验室里冰凉的玻璃，盛满沉默的
老房子们，晨报们，会场上热情的茶杯们

都不会思考在这个拉长的钟点

枝桠为什么坚持发出响声

为什么全在挑逗这个孑然的树影
它笔直、挺拔，穿透了黝黑之月色

但它们构成了真相：现实被折了个角
天际发白，另一边的大地刚刚合上此书

清平乐·留人不住

这是条缆绳，系着大海
系着一种超前的风格
好比在一江春水前皱起眉头
让尖厉的莺声装点日落
这心事，不是醉醺醺就能解开

而纸与笔的那一端，是更冷清的
渡口，是绿得发亮的陷阱
没有寄自广场的信
没有前额和嘴唇，更没有
不耐烦的血、恐怖的光

我有时会嘲笑那只石头船
满载妩媚，却搁浅在现实边缘

玉楼春·尊前拟把归期说

是时候想想那浓雾的样子了

不是跟前方告别

就是跟背后告别

而酒尚有余温

春天已多次皱起眉头

但显然无关风月，无关痴情

也无关这个新奇比喻

就像换了新曲

肝肠寸断只是让这个日子变得

更凶，更聋，不可一世

它与这城里所有的鲜花

都无关，它们也只是垂下了头

甚至这无关新奇性本身

让我们感到难堪的

竟然不是寒冷，也不是遥远

不是幽恨，不可能是一场

绝对透明或黑暗的展示

大雨？生活轴心？堆积起来的倾斜？

是时候想想火的样子了

风暴夹在时节的中缝：所谓归期

是天亮，还是登上列车时那片刻晕眩？

满庭芳·南苑吹花

它长出了翅膀：桃花与柳叶成了
秋天的技巧，所以这一段飞舞完成了秋天

正如黎明升起一连串的疑问
书房经历着火刑，故园享受着狂喜

而这正是差异所在，陶醉之光影是它的
经验，一潭潭黑暗是它的形式

所以，我们隔窗谈论是重要的
河水分流各奔西东是重要的

在锦字与征鸿间寻找静默的成分
寻找亚文本，是重要的

从日常的苦酒中品尝永恒的星星
以月亮和寒风刺激广场上的柴垛

它长出了翅膀：残菊逃离栏杆

人群纵声大笑，秋天同时也是秋天的断裂

现实是现实的断裂，犹如绿酒
可以根治遗忘，纸包住了火

犹如佳期尚在，一天打扮着另一天
这些灰烬不过是它们的胭脂

南歌子·凤髻金泥带

现在，生活的心思

集中到了一头假发上

既不在木梳上也不在胭脂上

那只凤凰困在窗棂间

点缀在更小的格子里

所以，就有了更奇诡的修辞

黑暗的黑暗，装饰的装饰

就像白白流去的时间

沉思着池塘的意义

你会以为有一对鸟儿在里面戏水

如果在一瞬间返回到镜子

你会觉出屏风上的花儿

并没有摆动，就像体验了心脏骤停

真正陌生的就成了这个隐喻

它回避着自己：我们的脸

浣溪沙·堤上游人逐画船

堤岸仍在那里，我曾想
以泅渡的方式抵达——
一缕被流放的风
以狂雪的意志穿透春天
而铺开的绿色
正悄悄遮挡住浓雾的身体

然而天幕低垂，时光的涟漪
与那些倒下的姿势连成了一片
就像子弹与鲜花，弦乐与嘶喊
一个孩子在自己的头脑里奔跑着——

书房倒置：整片的海都在昏睡
那只荒唐而被拖拽的船呢？

踏莎行·小径红稀

它仍然向前方延伸着

虽然脚步缓缓，一片漆黑

就像春风与杨花，彼此取消了约束

最可靠的竟是人脸

它们互相躲闪着，正模仿飞絮

穿行在冰冷的高台与树影中

黄莺纠缠着叶片的翠绿

飞燕与门帘的冷漠持续对抗

袅袅炉香则展开谋划：要击碎蜘蛛的欲望

那么，还需要茂密吗？

还需要那些闪闪发亮的珠宝吗？

残红落在地面，就像风暴跑到了郊野

在借酒浇愁的仪式后

那道光线与我的书房互道晚安

各自完成了各自的冒险，或者孤独

蝶恋花·谁道闲情抛弃久

这苦闷已与春天的消逝无关

已与内心深处无关

花前病酒，镜里颜消

都冷漠成了更抽象的温度

一如我所看到的

它们在排演着新戏剧

河畔芳草正即兴吐露新愁

堤上翠柳最喜欢在黄昏讨论无常

这是两颗不同的心脏

即使身影重叠，而我们

一个做着加法，一个做着减法

犹如新月与归人，纸和墨水

支配起两种时间——

我在雷电天气里参与了一场判决

木兰花·燕鸿过后莺归去

是的，它们全都走了

春梦与秋云

就像是这道闪电迸溅出的

花瓣，从时间的顶端

滑入看不见的黑暗里

我恰恰是那个半醉半醒的人

于是和花朵的关系

和飞鸟的关系

就成了我的衫褛和琴声

实际上，也完成了居所的意义

锦缠道·燕子呢喃

谁会想到，它不仅拉长了白昼
还把整个春天装在了一次战栗中

于是白纸如绣，没有万紫千红
一场雨落在剩下的灵魂里

海棠与杨柳，就像经历了
危险的窒息，把绽放与摇摆风干在村口

而祖国仍在微笑，胭脂渗透了春天
行人打听着杏花深处——

就像这干涸的翠绿色，正在把自己
撕碎，撕碎，释放出了闪电

踏莎行·碧海无波

我把它看成是一个
小小片断：这大海，这仙境
这远隔山水的飞翔

当尘土遮蔽了器皿的内心
那些绢绢小字就成了黑暗的总和
成了安抚时节伤口的遗物

我把它看成是一个
小小的裂缝：有如黄昏将临
有如梧桐叶片上细雨滑落

这些都不算什么——
看，两个春天厮打在一起
香闺和浓雾，谁正流出沉默的血？

清平乐·红笺小字

其实，这些密密麻麻的纹络
什么也讲不明白
我更愿意看成是白纸的
难解之运：往往需要填充些
昏沉沉的睡眠，寒冷、血
遥远风暴，发神经的重复旋转的
鸟群，还有饥饿

大雁不在云中，鱼也不在水里

所以，独倚西楼的主角
需要重新考究：红月亮还是
那摊墨迹，它们保持着同一个姿势

人面不知何处，这似乎是
多出来的问题——
这白纸上的河流正绕过
青青山脉，以及它们的陷落

清平乐·金风细细

我总觉得，秋风是一场阴谋

它以梧桐叶子的飘坠作为假象

拉近了绿酒与沉醉的关系

掩盖了南窗下的酣然浓睡

正如紫薇与朱槿，它们偷偷

确立了与枯萎的对称

斜阳与栏杆，其实在庆幸着

和孤独的小小暧昧

正如燕子和它们的时节

就是这白纸与墨水的暗喻

而归去、归去，是因还依恋着田野上

那惶惑的斑斓吗？

外面吆喝声声，光照充足

我苍老的心脏紧挨着屏风，觉出了寒意

蝶恋花·槛菊愁烟兰泣露

而今这株菊花仍然长在雾里
兰草淹没在冰凉的看不见的黑色里

帘幕却难以掀开，那抹银色的清晨的光亮
滴落在大地深处，以逃避黑风的裹挟

可燕子们去哪儿了？不在远方，不在
月光下，甚至不在那红漆剥落的悲伤之所

我担心那双燕子，寻遍西风与高楼
眺望着天边，它保持了最古老的沉默

我也想写一封信，不是因为山长水阔
而是那些嘴唇，那些窗户，全封上了刀子

浣溪沙·一向年光有限身

我常常看到它们排列成行
一天和另一天，或整整一年：新的历法

稚气或苍老的时代，做着小动作的
时针，一沓沓发黄的意象

楼道里的高跟鞋敲着鼓点
从婴儿的笑到石头上的墨绿

有时会出现扭打在一起的
两个季节，相距遥远的王朝

就像今晚的筵席和酒
就像后天的约会和吻

两棵树或者三棵树（只要不是
一棵）就是满目山河

只要不是长在了一起

就远隔了重洋，可以嗟叹，可以怀远

可它们转个身就会不见
把绝情和温度，以及掺杂了嫉妒的

隐蔽的修辞，都揉搓到一起
落花也罢，风雨也罢

街角的那个女孩儿仍在那里叫卖
我把她看成了一道重叠的戏仿的光

醉垂鞭·双蝶绣罗裙

两只蝴蝶，一只是白昼，一只是黑夜
一只是池水，一只是春天

我感兴趣的，是它们间的缝隙
是那朵鲜花凝结的微喘
是泥土和云朵的遥遥距离

两只蝴蝶，两个时代的血，这蔚蓝的
淡淡的火苗正跃过拂晓的边界

就像我静坐于此，编织了叶片背后的闪电

竹马子·登孤垒荒凉

现在，荒凉的不仅是这个房间

不仅仅是眺望的姿势

弥漫的焦灼的烟雾

雨丝的尖笑

黯淡的虹

也不仅是拐弯的呼叫

头脑里的雄风

不仅是夏日之末

小小的傲慢

还有人声鼎沸

还有没说出的词：深渊

还有我逼真的站立

就像残蝉的沉寂

乌鸦用零乱的影子安抚了黄昏

就像帏幔低垂，挑逗了满街的灯

浪淘沙慢·梦觉

此时

寒灯与石阶

与酒

与敲打屋顶的雨

几乎是同一个事物

或者，还可以再加上

黑暗的步履

发情的门闩

加上一张薄薄的脸

几句海誓山盟

就像春天和泥巴

互相渗透、绞合、撕扯

就像子弹和诗句

逼迫空气逃逸

让尘埃惊飞

山亭柳·家住西秦

这技艺，在今天好比照耀在身上的
光明，好比雨水的耐心
一个春天想象着另一个春天
一张嘴巴想象着另一张嘴巴
好比荒野保持着沉默
并在地底深处包扎好伤口

而高天上流云不止
耳朵与三月，筵席与罗巾
这距离在今天好比一只残杯
我们将之称为花柳
却忽略了在根茎里匍匐的绿汁

呵，好比它的皮肤和它的魂魄
哪些是真正磨损的？哪些又该被擦亮？

好比我的汽车数日来停驻在
咸阳古道——那块未被封喉的石头呢？

第六辑　日夜不停地追赶大地

西河·佳丽地

这真是个新时代，美好而迷人

三十年的想象和一个故乡

呛人的庭堂和一块抹布

烧着的天，折起来的纸表

风霜是来保护你的

那老树啊，那悬崖啊

那无尽的波涛啊

是来拯救你的

是来伪装你的

就急急地拍打吧，冷冷地摇晃吧

抽上一管血，喝上一杯茶

用绷带把四肢缠好

子夜是摇篮黎明也是摇篮

那一小片光线拴着一只船

那墙是浓雾啊那春色是墙

这么多酒吧在走路

这么多条马路在喝酒

这么多月亮脱光了身子

再看看那群燕子

它们就是正前方的风暴

叽叽喳喳，旗啊，鼓啊

叽叽喳喳，兴啊，亡啊

叽叽喳喳，秒针向后又挪了一下

六州歌头 · 长淮望断

漫漫是重要的修辞，它是命运

野草和尘土也重要，它是空气

秋风、号角、呐喊，是正在沦陷的

小片土地，是崎岖道路和小石子

诗歌是房屋，堵上窗户又凿开

墙壁上的裂缝。而词语是里面微微

喘息的黑，是重复降临的黄昏

是牛羊和山川，是吃惊的火

那箭与剑，是最多余的装饰，敌人

在讥笑你，你的身体和你的头脑

在讥笑你，不可能的写作在讥笑你

于是来创造一种倒装吧，让中原

恢复你的口吻，让壮志生出

你的白发，然后宝贵的一生完结

宝贵的历史也大概会这样完结

天地茫茫而遍地都是京城

烽烟滚滚而所有重叠起来的现实

都和平相处：你的眼，你的嘴

你不太规律的心跳和化为火焰的

骨头，难为情地解散了队伍

就像大地倾泻进一场雨里，完成了

从描述到呈现，从流亡到漂泊的正传

临江仙·高咏楚词酬午日

我也常有旷野之叹
我也常感天涯流落
但今日的石榴花开在了海上
那诱人舞步纷纷凝固像是在讥讽历史

我是在年轻时老去，在垂死中
活着，这完全不同于植物和石头
不同于今年和去年的酒杯
那江水流到海里，他逃出了栅栏

我以沉默逃出沉默：与他会合

菩萨蛮·郁孤台下清江水

这小小的高台，小小的山
小小的暗室，小小的地面
人群在小路上跑，蒙着双眼
人群举着手，在大道上跑

在地窖里想象西北偏北
想象春色和我们的药
再望望京城，望望这纸上逃难的天气
把遮挡视线的月份抹去

把青山也抹去，把时间也抹去
把我锈成铁的怀念也抹去
把石头上的字，把墨水的痕迹抹去
把深山里鸟儿的哀鸣抹去

我每天从这高处爬下来
像迷惘的灵魂从笔尖滴落到空白处

需要找些瓶子，需要把这些年
放进去，盖上我们的盖子

减字木兰花·画桥流水

我在努力将它们看成是告别

画桥是一种告别，潺潺流水是告别

升起的月亮是决然的告别，它完全

可以推走黄昏，让绿油油的车辆

代替马，引入不规矩的形式

使春天的沙袋堆积在丁字路口

一个人也是告别，沉默有如大雨

让花瓣蜷起身子，让笔墨害羞

我猜测这条道路也是，它的另一端

可能通向君主堂前，可能垂挂成

充溢香气的人造帘幕，也可能

拐了同样的弯：飞絮遗失了它的枝桠

卜算子慢·江枫渐老

是的，都衰老了

不只是枫叶

还有秋天

不只是秋天

还有暮色里的脸

以及听不见的风响、呼吸

还有这痛感

这如绞的心脏

羞答答的振翅的修辞

是的，都长出了白发

万重烟水

雨歇天高

都躺在了轮椅里

十二座青山

十二种望断青山的方式

而那片云

像被掏空了头颅

像被埋在了地下

我把空信封投入邮筒

我看见它自己蜷缩起来

以骨感的骄傲骑在了彩虹上

菩萨蛮·绿芜墙绕青苔院

它爬上墙，就像一场冰雪覆盖了夜幕

但我还要把这比喻还原到历史里

还原到一株植物身上：它们不敢舒展

与光线、与停歇的蝴蝶保持着距离

那是挡住的部分，有台阶，有帘子

有滴答声，像极了思考，像极了垂下的指针

像一只生锈的铁钩，早与黑暗没了关系

顺着这路飘吧，做燕子与杨花

就这样还乡，就这样还乡了——

它们是三月，是四月，是微微急躁起来的

夏天，是那个迫不及待的鲜红的早晨

它挂在天边，这游戏一动一静

它睡着，算是一种漂流

它散落啊散落啊，野地上的灵魂正向往奔跑

永遇乐·落日熔金

那金黄如今像极了白玉，不分昼夜
亲人如烟雾，故乡如梅花

春意长在大雪里，佳节若树
孤伶伶，光秃秃，引得天气发笑

岂无狂风或者裂缝？正是香车
与宝马，且容我一人独步

这等悠闲，披金戴银的沉寂
便应了良宵与时代，听不见的击节

听不见的赞叹。美极而憔悴
憔悴而美极，蓬乱如灯如大海

唯有帘子裹着街道，像埋伏的匕首
只要一道微光就可以匍匐

木兰花·城上风光莺语乱

那是一片歌声

一方大海

一场充满花哨衣裙的

旋转的舞会：

绿杨芳草

泪眼愁肠

三月生出白发

搂抱着它的草帽

而瘟疫蔓延

远非一杯美酒的疗效

我就像这春天一样

干脆滑倒在地，摔成两半

贺新郎·梦绕神州路

我日夜不停地追赶大地
把抒情主义的秋风赶跑，把号角
装入身体。那宫殿啊，谷米啊
早已互换了角色，该荒芜的不荒芜
该生长的不生长：不是黄河泛滥
是汪洋浓缩成了冰凌，举在儿童的手中

老天紧贴着脸，只能辨认出
狐狸与兔子，便不需要再问高处
好比枪炮上膛，我们看到精致的金属
你诉说悲伤那太危险了，你讲出
"痛苦"，这多让人难为情
金属就是金属，历史就是历史

但关键是，要躲开这个具体的晚上
躲开小小阳台和杯中月亮
一定要躲开这场自我对话，这里
全是大雁，全是书信，全是
小孩子张开的眼睛和嘴：他赢了他自己
万里江山悬空挂着，还有什么恩怨

凤栖梧·伫倚危楼风细细

这的确是个随时可能

倾倒的世界

而风儿柔和，原野不动声色

那轮冷眼斜睨的眸子

并不在意缓缓爬行的火

可它们都满脸通红，一身酒气

"不悔——不悔——"

"憔悴——憔悴——"

在阳光弯下身子的一瞬间

我猛地想到了

躲在屋角的被烧焦的灯蕊

点绛唇·燕雁无心

谁知道呢？它们愿不愿意停留，就像和大地的关系，就像云朵和它们的背景的关系。

而过去我把我坐着比作山，比作死亡临近而那些雨仍在调戏钟点，比作关窗和静静睁大双目。

最厌倦的就是拂晓了。带着一脸假象，带着出门小跑的冲动。你以为这些可以通向另一世界，可全然不是。你只是被注视着。

你只是被装饰在一张纸上。天花板，或者屋檐，或者你的第四座桥上的一次遐想。

那么同游就拉开了距离，不管你是纠缠着不放还是豁然开朗，是接受它开出的高价还是奴役自己。

所以，我也常问，今天是什么样子呢？栏杆意味着诱惑还是解放，与你长聊是在坚定意志还是作为一次从容的逃遁？而那衰残的杨柳——同时也是我们不屈的神经——似乎明白这一点。

青玉案·一年春事都来几

是啊，这么多的春天

披裹着复制的绿，克隆的香气

像晃动的做了美容术的脸

只有一个倒影与众不同

叶子的脉络间渗透着血的黎明

花朵小心翼翼，捧着金属的意志

（这一幕，我称之为活的身体

而你看穿的是它堆积起来的

葱茏，还是走向深渊的不动声色？）

庭院和原野也没了区别

正如这铜绿和绛紫，下坠和上升

我的憔悴其实来自微熏的暖风

长安的酒，故乡的桃李

荒凉的四月，房上的星星

完全可以步调一致

还有关于一小片土地的

绝望描述，你知道这是

反修辞的修辞：它引诱了全部的春天

点绛唇·金谷年年

这荒芜覆盖的

既有睡眠

也有战斗

在萋萋无数的深处

藏着被羞辱的春色

如果仔细观察

还能看到飘落在地的名字

一次次的谋杀

一次次的繁殖

而喉咙喑哑：离歌

像四面八方的道路

塞满了火焰

西江月·明月别枝惊鹊

那黑鸟居住在现代天空的
最中心，离飞翔很远

没有斜枝也没有半夜，没有月亮
那铁的翅膀比背景还要黑

呼吸比蝉翼还要薄，却从上往下
眺望着山丘，眺望着风

这是最艰涩的年景，稻花也香
青蛙也叫，把悲哀牢牢围拢

那大屏幕上的星星闪耀不停
另一个屏幕正大雨飘洒

我是说，晶亮的晶亮
清凉的清凉，熟悉得就像微笑

就像我们曾在桥边转弯，看到房子
看到它飞走时惊恐的眼睛

玉楼春·别后不知君远近

显然，这满目凄凉很难以
行踪为计：离别是持续发生的
就像那轮太阳，说不清
是离我们更近，还是更遥远

这才是孤独，到处是它们的书信
而我们看不见，我们把账本儿也弄丢了
我们把脚印儿也弄丢了

所以，连秋天也会嗤笑——
一切都在烧毁，西风与竹林
成了跳跃的火焰，成了中心，梦与灯
在那里互换了身份

而黑暗正是从叶子的喧哗中来临
那些打斗与争吵，血，欢歌
都重叠起来，可以扭曲成干净的脸

我倚着孤枕就像是倚着灰烬
就像是倚着生活的骨头：蜷缩的太阳

苏幕遮·碧云天

它飞旋而至

飘落在睡着的书页上

就像秋色消匿在寒烟里

轰轰烈烈的战斗

悬挂在天边的蜘蛛网

异乡人的孤寂

不再理会那一抹斜阳

几株芳草

明月凭栏也是好的

酒入愁肠也是好的

只有新世界黯然神伤

真正的阅读

发生在合上书本的那一刻

我不知是选择安静地流血

还是起身远游

江城子·十年生死两茫茫

这世界何曾远离过，何曾被隔开过
比如，我正站在另外一个田野想念你
这里弹痕累累，之前到处是呼喊
而今剩下了缄默和微笑

不错，我们是尘土，我们是秋霜
我们是凄凉感差别不大的两块石头
但在荒原的眼里，我们是坟墓
我们是难以辨认的脸

当然，有些关联只有我俩明白
你的幽梦就是我的慨叹
你的故乡就是我的剧场——
窗户意味着战争，梳妆意味着灾难

皓月当空，它正把自己压迫成锋利的
钉子，小松树们则要复仇。你看到了吗？

定风波·自春来

整个春天都装不下我的心

太阳扎眼

黄莺聒噪

那场疾病挂在钟表上

我写给遥远的

花朵盛开时刻的书信

正躺在摇椅里昏睡

对，干脆把它们全都锁住

锁住我的鞍马

锁住我的书房

锁住云彩和尘土

锁住肌肤和鬓发

小区保安的喇叭重复尖叫着

拉响了黝黑的警报

江城子·西城杨柳弄春柔

如今，那悠悠飘荡着的已不是春之气息

归路成了出发的路，故乡成了心脏

一边是绿野红桥，一边是悬崖白霜

那些缠绕在一起的柳絮啊飞花啊

白发啊青春啊，还有街道和人群

斗争和杀戮，还有欢呼和谎言

行进和下坠，哦，还有那个叠加了千年

依然实用的戏仿，止不住的心酸和

潺潺流水的讥笑，都正以消隐的方式显现

好比你登上了小楼，我看到了山谷

淡黄柳·空城晓角

那号角洞穿了时间，压缩在
身体里，扩展在荒野上

那看不见的高高宫殿的影子
重叠在小土丘与楼房上
在所有纸张的字里行间
在空白处，在会议室主席台
和公共厕所门口的收费桌上

我才知道什么叫单衣骑马
如同船漂在生活的水面
我们管这种情形叫做后现代
叫做节日或者狂欢的秋天

我才知道什么叫梨花落尽
如同药铺空空如也，大夫们
穿着白衣。这种情形叫做
打补丁，叫喘息或非典型性吟唱

我等着它们飞走，我等着清洁工

我等着池塘里映出航驶的旗

千秋岁引·别馆寒砧

这时节，总觉得整个世界就是一座
空空的城。房间，躯干，低飞的鸟

从秋天深处传来的声响
就好像匍匐在血管里的血，燕子擦拭着
海水，而我从那么多伫立者中间匆匆走过

这与我们辉煌的城墙没有关系
和倾斜之明月，和暗讽、发霉的火
和我们顽强的对话没有关系

但仍然困住了手脚（呵，不是楚台
不是秦楼，那些技巧太过明媚）
我是说——看哪！同一张涨红的脸
同一个背影，几乎一样的危险

所以，肥的仍肥，瘦的仍瘦
尖叫埋在北方的煤层里，芦苇上的
沉思，融解在荒唐的舌头下：高音喇叭

也是一场雨，海誓山盟也是一场雨

所以，哪有分离，翻到下一页便犹如
千年酒醒，我看到了他扯断的闪电

长相思·吴山青

原来，它们是抹了粉底霜的

时间的脸：妩媚或者阴郁

都容不下咖啡对水杯的想象

泪眼盈盈

我听到的是不一样的情歌

这烦躁的秋天，小路柔软，胡桃坚硬

两只不知名的鸟儿

在隔着阳台梳妆打扮

鹧鸪天·重过阊门万事非

我们扛着旗走在路上
队伍越走越多，而路分了叉
还有人是破坏者，一边高声
喊着口号，一边装着静静死去
这真是梧桐与霜的距离
鸳鸯们正好飞走了一半

但荒郊仍是荒郊，铁窗与大雨
谁也不会正话反说：那一万岁
和这个湿漉漉的早晨有什么区别
灯与空荡荡有什么区别
我们光荣地向前走
有的想着旧居，有的想着天堂

少年游·参差烟树灞陵桥

柳色如烟，笼罩着古琴悠扬的

长桥，和它脚下褪色的波澜，春天的暗影

笼罩着离愁别绪，一串黄褐色的朝代

夜莺的雄心和那憔悴的风流

它们来自空气和泥土，正如

这《阳关》依旧，而秋天已老

正如河水徐徐东去，大地肝肠寸断

我轻弹烟灰，望了望睡眼惺忪的月亮

它紧紧挨着工业区的街角，似乎就要冻僵了

鹧鸪天·小令尊前见玉箫

显然这不是尽头。筵席
才刚刚开始，我知道，那玉箫的妖娆
是在考验我的耐心

它拉长了黑暗，增厚了墙
使这些词语互相怀疑，沾上灰尘
使它们辨不清枯萎的模样

这也是美的耐心，好比孤身一人
在如此短暂的夜里体味着
春天的喧闹，从宫殿到大地，到饥饿感

我称之为最任意的漫游，无关夜色
无关杨花与谢桥，只关乎
一秒钟的虚无：它躲开了那场瘟疫

迷神引·一叶扁舟轻帆卷

它像一尾鱼

搁浅在闷热的天气里

它像一声胡笳

包围了孤独的城市

它像亮闪闪的水域

吸纳了叠加起来的雷电

它像沙滩上的鸟儿

刚从海的喘息中溢出来

它像一团笼罩寒林的暮霭

装满了整幅画屏

它像一抹黑黑的远山

被遗忘在阳光的沉睡里

我放下二郎腿，忽然意识到

它像这杯冒着热气的咖啡

它像另一个时代

芳草摇晃着春天，佳人拂袖而去

御街行·纷纷坠叶飘香砌

还是要思考叶片和夜的关系

香味和寒冷的关系

当它们拾级而上

或倏然滑落

却能够与银河谈着心

这如同月光穿透了乡愁

如同残灯明灭

揣测着那张宁静的网

它蔚蓝、虚无，好比我打着盹儿

在这条街道最喧闹的酒店里

置身于荒凉大海之外

夜飞鹊·河桥送人处

今天的依依不舍就是承受着拒绝

拒绝良夜，拒绝斜月余晖

白炽灯烧着自己，雨衣湿了又湿

拒绝表白也拒绝刻意的遮挡

今天的分离就是拒绝着承受

承受正午的秒针，承受黑白的互相献媚

我们的假面聪慧过人，善解人意

我们的脚步正怀念马，怀念树梢的欢愉

于是归途只剩下从床头移到窗下

郊野是白墙，渡口是钟表

我这算是故地重游吧，我在寻找

她的踪迹，我在真实地把它说出来

路不是向左或向右，竟然也不是向上

和向下，犹如放弃暮色，地毯长出植物

是的，我的影子和我一般高

有时我坐在天花板上，会看到沉下去的天际

菩萨蛮·哀筝一弄湘江曲

不可能再回到那次微微震颤

曲子如江水，哀怨如波

是的，这是场大大的筵席

阻隔了澄澈的秋水

阻隔了灰色的街道，冰冷的屋舍

阻隔了大雁斜飞的绝望

还有黎明：一声拨断的弦响

还有这么多世纪

薄薄的眼镜片后那些重叠的

春天的哈欠，一个个深渊

踏莎行·祖席离歌

我们能否在这酒席的内部

听到滴答的钟响

不是走向离别，而是

慢慢靠拢枯死的气味，把灰尘和脸

和长着羽毛的时光甩在身后

马的身影也遥远了

（我们的时代缩成了一角微澜）

小树林和那条道路也遥远了

于是，画阁魂消，高楼目断

这描述终于抵达了准确

街道对面的卡拉 OK，多像囚禁的艺术

撕心裂肺，吼了一个晚上

水龙吟·似花还似非花

其实是两个世界，两次流浪
经由一次飘坠而重叠

然后看到，不是家而是路
不是命运而是游戏

思量的过程就是辨认一种风格的过程
也是在无情中痊愈的过程

这便算是柔肠吧！睁开眼又闭上
闭上眼又睁开，就像大雨从未停驻

不是窗畔，是大海退缩之处
不是莺声，是自我囚禁的高傲

不是春色，是更完整的经验
是它们沉重的影子们在拉长

不是尘土与流水，是黑暗与讥笑

是充满历史想象力的脸

不是杨花，是四季的旁落
是这大地瘦下去的腰身，是无痕之搏斗

不是眼泪，是"现实"这颗小石子
咬紧牙关的翻滚，翻滚，翻滚……

临江仙·忆惜午桥桥上饮

这大大的欢宴，这闪光的
石头和海。而桥是中间沉默的部分
词语是水面，互相重叠着黑暗
新诞生的世界是浪花，是那笛子声
是这二十年的高贵与艰辛

那意象显然是月亮，硬的和软的月亮
一半在前十年，一半在后十年
我怎会为此吃惊？
我是渔人，是歌者，是掘出隐喻的
说书匠，三更天是世袭的传统

东风破

雨霖铃·寒蝉凄切

一切来自于它的哀鸣

来自于一场急急大雨

催着上路的兰舟不会明白

它装满了瞬间的宿命感

这也是一种离别

薄羽和天空

房子与酒

昏睡的时令与一枚果实的成熟

这也是一种忧愁

在发黄的秋日寻找清澈

以杨柳岸装点雨季滂沱

而晓风残月已打算离开心慌的晚上

（我那虚无的眸子啊，我的爱人

你看见硝烟了吗

还有九月的雨和正熄灭的日子

还有杂草丛生的新世界）

呵，全都在这面镜子里

良辰美景，千种风情

全都和以前不一样了

全都贴上了薄雾

在关灯之前

在离开自己身体之前

我以戏谑口吻哼哼着爱的礼赞

它曾打动我们，而今尤其迷人

就像那树上的温度正拂拭来年的翼

踏莎行·细草愁烟

纤草含愁，花儿颤抖
那销魂的不是烟雾，不是露水
而是被淹没的真实
是街道上日日重复的足迹
是海燕留在天边的小小碎片

于是发现我正日益消瘦
垂杨也瘦了，东风也瘦了
整个春天成了一具镂空的骨骼——
那场大雨在远处坚持着它的耐心
一不留神就会冲走这些阴影

采莲令·月华收

其实就是一丝苦笑

其实就是月亮逃跑了

她的手

她的脸

我的沉默钟点

我的战栗的春天

城郭已远

我乘坐的电车已驶入看得见烟树的血管里

浪淘沙·把酒祝东风

而今，酒杯与春天的关系
正变得微妙、敏感
离别更加匆促，而道路原地不动
垂杨们把自己都藏得很好

我们在过去携手，就像这白日里的
戏剧，就像这群孩子跳跃着跑向花丛

然而，有没有更美好的红艳
被摆放在生活的中心
有没有更深沉的隐匿，更长久的
赞美、幽恨，支撑着这间
巨大屋子里的寂寞

血液在缓慢流动着
我向东风发出一条短信：
另一个春天，知与谁同？

八声甘州·对潇潇暮雨洒江天

又是一场急雨

擦洗着十月二十二日的江河

那些逃遁的事物

正悄悄与霜风亲吻

与藏起来的月份挥手

与过早凋谢的夕阳互道晚安

我想这是另一种

消亡的形式

美好有如登高望远

有如花红柳绿的诅咒

有如滞留于此的生活，倚着栏干

揭示着瘦下去的理由

夜半乐·冻云黯淡天气

时间总停止在雪落之前

就像旅人被裹挟在

一叶扁舟

天色镶嵌于深深的溪底

乌云也不会觉察

尘埃也不会觉察

当樵风乍起

异乡人互相寒暄

那些灰色的隐喻就避开了

最纯洁的成分

烟村霜树

残日渔人

恰好遮掩了远处

羞答答的雷霆

火车隆隆开过二月

日历上的花朵无忧无虑

在严冬血管的最深处

那片被禁锢的雪

正变得温暖、晕眩——

可有归期？

可有旋转的灵魂？

孤雁一声嘶鸣，扯碎了它的天空

少年游·江南节物

其实，严寒与江南

并不对称

流水与阴云

大雪与村庄

一枝芳香与远方的归人

也是倾斜的

而天真依然存在

寿阳公主梳妆的倩姿依然存在

和着笛声的风风雨雨

依然存在

一如这久病的时节猫着腰

四处张望，只为了我的灵魂

不至变得太僵硬

玉蝴蝶·望处雨收云断

真正萧条的

不是雨，不是秋日光阴

不是宋玉的悲凉

不是风儿拂过水面

花儿萎落、月亮高挂

不是梧桐叶子点缀的街道

甚至不是故人的口吻

风月星霜

海阔天遥

不可能是那双低飞的燕子

寄不出的信

一片远远的盛着乌云的蓝

我还可以放弃

柳永的眺望，鸿雁的身姿

斜阳里听不到的哀鸣

还要忽略刚打过招呼的

晃动的钟点，又黑又长，它贿赂了

那些隐藏起来的惊喜

对，绝不是那些慌不择路的

白昼，早晨羞怯的露水

冻僵的心脏和血

真正萧条的是这条窄窄的

人行道，一边洪水泛滥

另一边开满了谦恭的纸做的微笑

渔家傲·塞下秋来风景异

这秋天并没有变换面孔

荒芜之所大门紧闭

风声和马的嘶鸣

以古典的姿势挂上屋角

一连几个世纪的暮霭则在墙外讪笑

这是一种什么样的力量

浊酒里盛着战斗

长烟落日涂抹着雄心

我手持晚报，注视着

艰难移动的侧影，顺便想想

外面的天气、午间噩梦与未来的早餐

想想羌笛，想想白霜

想想家的距离

大雁离开了它的岩石

天仙子·《水调》数声持酒听

春天有时会头晕目眩
会怀揣疾病，连连咳嗽，咳出血来
会设计取消一场宴会
重新勘定醉态与酒
愁肠与思念

好比镜子与容颜
尘土与时间
有时会互生嫉妒，计算着白雪的脚步
月光戏弄了流浪者的身影
帘幕羞辱了胆怯的灯

春天有时会生出疑问——
自己离自己有多远?
有多少色彩在拂晓时分滋养着仇恨?

好比此时，风吹个不停
客厅的花朵们想象着次日的绽放
而台阶上它正深藏着脸，和衣而睡

曲玉管·陇首云飞

当浮云向远处行进

暮色却围拢而来

这是内部世界与外部世界的稳定结构

我的心脏和一个国家的都城

寄向未来的书信和这场

连绵阴雨，还有楼上

丑陋女人的回眸一笑

屠杀与佳期，就像山水与心事

黑黑的诗歌白白的戏剧

都在这间暗室里：孤岛向天空

发着求救信号

蝶恋花·六曲阑干偎碧树

这时节，春风依偎着几棵树

我们依偎着春风

就像蜘蛛和它的网

柳絮和那些飘落的姿势

不是一次而是许多次

海燕飞去，依偎着它的微喘

骤雨也有伤口：那朵红花

正啜饮这些潮湿的黑色

而红花就是另一种

死亡，蔑视着呖呖莺语

就是一觉醒来，不知身在何处

把窗外的人声包裹成寂静

老妇人在电话里发着脾气，

那一头，我想该是染病的绿色，在积雪里？

忆帝京·薄衾小枕凉天气

温度渐低，而时间
仍在把自己的影子拉长
似乎只有蹲着才能看到它的脸

才能看到大海仍在汹涌不止
即便它把这湿凉的
迷宫一样的早晨
压扁成一声寒更，一枚
在信纸上怯怯移动的泡沫

少年游·长安古道马迟迟

当我想起那缓缓的马蹄

紧促的蝉鸣

时间就蜷缩成了萎黄的柳叶

夕阳依旧在挑逗飞鸟

秋风在纠缠荒原

它们遮挡了什么

这条公路铺向了郊外开发区

而不是古代的京城

长满铁锈的理想

和这坛老酒

和突然此起彼伏的一片蛙声

都混合在了类似发甜的汽油味儿里

点绛唇·雨恨云愁

它们垂直降落

铺天盖地

用纤细的烟丝

串起了屋子里的暗影

我知道江南依旧

水村渔市们

正围着一只冷漠的橘子

只有大雁想着远走高飞

就像我难堪地呼吸着

面对着满是睡眠广告的报纸

摸鱼儿·对西风

鬓发蓬乱，这意味着
我可以将十年
像烟云一样，由风儿摇起

可以凝滞不动
像这死亡，却被比作
流水，比作咬住心脏的呼吸

像把鸳鸯结系在剩下的骨头上
山盟和海誓，从铁上脱落
成为尖叫和煅烧

对，肠断就是杰作
把落花安回朽木，成为戏剧
成为它最昂贵的几页

雨覆云翻，不就是从一个口号
到另一个口号么
它们叫一声我就剥一层衣服

情深缘浅则验证了真正的奇迹

春天出窍秋天入定

我露出身子让它们涂抹

如今那越长越高的红楼

开始喜欢上婚姻

它的浪笑能砸进舞台底座

它绑了我，也绑了月亮

绑了我的失眠捎带还绑了地下室

它绑了我的手艺

死亡是手艺

听天由命是手艺

还有在土里像虫子一样蠕动

在并不发黄的纸上

褪色，并把脑袋埋在海面以下

全是，全都可以陪我过夜

如今我们中必须有一个

要装着憔悴

要借酒浇愁完成那个意外事故

要独守长门，把手摊开

要对着春风发笑

学会后悔，让它们围观

是我糊涂，是我看错了这

暮色，还有很多十年

很多弯弯的竹子要延续后代

清平乐·年年雪里

你看看，大雪纷飞了这么多时节

而土地并没有湿

梅花也没有湿，这小园子

和它对应的荒芜

和天空下我们斜斜的影子

翅膀，甚至歌声

都没什么改变

年年海角天涯

年年白发

大风刮啊刮，刮了那么多晚上

手掌换了一双又一双

可你看看这些石头这些脸

它们滚烫的滚烫

冰凉的冰凉

它们呆立原地

呼喊归呼喊，寂静归寂静

而这正是沦落

是新的姿势新的风雨，新的昼夜新的嘴唇

于是我也揉搓起了梅花

赢得一丝醉醒：我们来约好一起

发明个新词儿，让世界长大

图书在版编目(CIP)数据

东风破/晏榕著.—上海:上海人民出版社,
2018
ISBN 978-7-208-15030-0

Ⅰ.①东… Ⅱ.①晏… Ⅲ.①诗集-中国-当代
Ⅳ.①I227

中国版本图书馆 CIP 数据核字(2018)第 036634 号

责任编辑 赵蔚华
封面设计 张志全工作室

东风破
晏　榕　著

出　　　版　上海人 民 出版社
　　　　　　(200001　上海福建中路 193 号)
发　　　行　上海人民出版社发行中心
印　　　刷　常熟市新骅印刷有限公司
开　　　本　635×965　1/16
印　　　张　25
插　　　页　4
字　　　数　250,000
版　　　次　2018 年 3 月第 1 版
印　　　次　2018 年 3 月第 1 次印刷
ISBN 978-7-208-15030-0/I·1699
定　　　价　68.00 元